KB068190

당신의 하루를 응원해요

네
생각이
날 때쯤

만남에
설레고
이별에
아파했던
사랑에 대한 기억

네 생각이 날 때쯤

이문교 지음

알에이치코리아

Contents___

달이 뜰 때쯤엔

항상

네 가 —— 찾 아 와

네 생각이 날 때쯤엔

너도
내 생각이——났으면.

구름

구름이 예뻐서 사진에 담았다.
두고두고 보고 싶어서.
네가 예뻐서 내 눈에 담았다.
봐도 봐도 보고 싶어서.

짙은 새벽

그리움이 묻어나오는 글씨들
감정의 표현들이 빼곡한 문장
네 마음이 담겨 있는 연락 한 통.

서로에게 솔직해질 때,
우리의 새벽은 짙어진다.

끝이 없는 꿈

끝이 없는 꿈이 존재한다면
네 잔상들로 눈을 감았으면.

기억의 조각들이 남았다면
끝없이 맞춰갈 수 있게끔.

짐

짐이 되는 존재가 아닐까,
어디를 가든 작아지는 나.

내가 바랐던 존재는
짐이 아닌 힘이었는데.

나이

나이에 따라 짊어지는 무게가 왜 이리 힘들까,
괜히 당연한 일에 점점 무거워지는 하루.

어떻게

너를 어렵게 지워냈는데
그렇게 쉽게 다시 다가오면
어떻게 내가 안 흔들리겠냐고.

슬픈 예감

불길한 기운이, 슬픈 예감들이
확신이 될 때가 가장 슬픈 것 같다.

내가 이별을 말하면
네게서 돌아올 대답이 뻔한 것처럼.

서로에게 솔직해질 때
우리의 새벽은 짙어진다.

사랑받기에도 벅찬 네가

사랑받기에도 벅찬 네가
슬픈 일들에 힘들어하지 않길.
힘든 일 때문에 네가 내게 등을 돌려도
언제나 네 왼편에 서서 다독여줄 테니.

당연한 거니까, 당연한 거라서

당연한 거라 말하지 않았다.

예쁘다는 것도, 사랑한다는 것도 너무나 당연한 거라서 말하지 않았다. 큰 선물보단 사소한 작은 말에 좋아해 주는 것도. 당연한 거라도 말하지 않으면 물음표를 붙이게 된다는 걸 몰랐다.

당연한 거라서 서운했다.

여전히 예쁘게 보이는지도, 사랑하는지도

예전의 말들로 알고 있었지만, 여전히 그런지 궁금했다.

표현해주길 바랐고, 말하면 속이 좁아 보일까 봐 말하지 못

했다. 사소한 걸 바라서, 그 사소함이 없어서 혼자 말하지 못

하고 썩히다 보니 믿음에 물음표가 생겼다.

그런 것 같아, 그런 게 아니야

속상한 걸 말하면 넌 피하기에 바쁜 것 같아. 바뀌지 않는 네 모습이, 너를 이해하지 못 하는 내 모습이 속상해.
서운하다 말을 하면 네가 혹시라도 날 질려 할까 봐 말하지 못하고 혼자 끙끙 앓고 있지만, 이런 내 모습에도 점점 지쳐 가. 끝내고 싶은 건 우리 사이가 아니라 지금의 지친 상황을 끝내고 싶은 건데.

너에게 무심해진 게 아니야.

지금의 우리가 첫 만남의 설렘처럼 달콤하지 않다는 걸 나도 잘 알아. 오랜 시간을 함께 해왔으니, 그러길 바라는 것도 욕심이겠지.

그렇다고 지금의 우리 모습을 만족하는 것도 아냐.

더 잘할 수 있는 방법을 찾는 게 어려울 뿐이야.

얼마나 좋아

"있잖아. 넌 내 어디가 좋아?"

정말 네가 좋아서 내가 좋아하는 만큼 너도 날 좋아할까라
는 생각에 물어본 말.

넌 한참을 생각하고 모르겠다는 표정으로 내게 말했지
다 좋다고. 난 그게 내심 서운했어. 너한텐 하나하나 다 예뻐
보였으면 좋겠는데.

나는 항상 네가 좋았는데, 너는 나를 왜 좋아하냐고 물었고
나는 언제나 그랬듯 말했지 다 좋다고. 하지만 그걸 네가 모
르는 것 같아서 조금 속상했어.

잠든 모습도 예쁘고, 밥을 맛있게 먹는 모습도 예쁘고,
화장을 지워도 예쁘고, 하나하나 다 좋아서 말하기엔 벅찬데
넌 내가 이만큼 널 좋아하는 걸 모르나 보다.

속상함

속상한 게 없는 게 아니야.
그것 하나 이해 못 하는 내 모습에 괜히 더 속상하기도 하고
네게 속상함을 자주 말하면 네가 지칠까 봐, 질려 할까 봐,
괜히 다투기 싫은 마음에 혼자 삼키게 돼.
속 좁은 사람이 되고 싶지 않아서, 다투고 싶지 않아서,
널 이해하고 싶어서 그래.

속상한 게 있으면 말해줘.
다툼보단 안아주며 다독여줄 테니, 네 마음을 이해해보려 할
테니. 네가 말하지 않으면, 티 내지 않으면 내가 알 수 없어
서 그게 더 힘들어져.

더는 속상하게 하기 싫어서, 너 혼자 삼키는 게 더 싫어서,
서로 맞춰 나가고 싶어서 그래.

요즘 네가, 요즘 내가

요즘 네가 조금 변한 것 같아.

초반에 내가 잠들 때까지 전화를 끊지 않고 기다려주던 모습도, 하루에 수십 번 사랑한다고 했던 모습도

이젠 찾아볼 수 없어서 변한 것 같다고 느껴져.

어쩌면 사소한 것들이지만 사소한 거라서 신경이 쓰이는데 어떡해.

네 마음이 변했으면 어쩌지 라는 생각에 너무 슬퍼져.

내가 사랑받는다고 생각하게 했던 네 모습이 사라져서.

요즘 내가 조금 변한 것 같대.

초반에 다 이해해줬을 내 사소한 모습에도

이젠 하나하나 속상하다고, 변한 것 같다고 따지는

네 모습을 보면 나도 네가 변한 것 같다고 느껴져.

변한 것 같다고 느끼게 했다면 미안해.

하지만 행동이 변했다고 내 마음이 변한 건 아닌데.

널 사랑하는 마음은 여전히 똑같은데.

서로의 새벽

잠이 오지 않아서 네게 걸었던 전화를
신호음이 다 울리기도 전에 받아줘서 너무 행복한 새벽이야.
서로가 같이 통화하고 있는 것만으로도, 집 앞 놀이터 의자
에 앉아 서로를 마주보는 것만으로도, 같이 아이스크림 하나
를 나눠 먹는 것만으로도 행복한 요즘은 다 네가 있는 덕분
인 것 같아. 이렇게 매일매일 잠이 오지 않는 새벽마다 네 품
에 꼭 안겨 잠들고 싶다.

같은 달을 바라보고 있어.

너와 멀리 떨어져 있어도, 내가 보고 있는 저 달을

네가 보고 있을 거라는 생각만 해도 행복해.

내가 달을 보고 네 생각을 했던 것처럼

너도 나와 같은 달을 보고 내 생각을 해주라.

밤하늘의 주인은 별이 아닌 달인 것처럼 별생각 없이 내 생

각만 해줘.

"너와 멀리 떨어져 있어도,
내가 보고 있는 저 달을
네가 보고 있을 거라는 생각만 해도 행복해."

다툼

다툼이 있을 땐 네 입장만 말하는 게 미웠어.
서로의 잘잘못을 따지고 싶었던 게 아니라
내 입장에서의 속상함을 네게 말하려 했던 건데.
너와 싸우려고 말한 게 아닌데.
그냥 내 속상함을 다독여주길 바란 건데.

다툼이 있는 게 난 너무 싫었어.

잘 하고 있는 데이트 중에도

갑자기 시무룩해져 있는 네 표정을 보면

난 또 왜 그러냐고, 뭐가 문제냐고 말할 수밖에 없었어.

사랑하기에도 아까운 시간을

너와 다툼으로 보내기가 아까워서 그래.

너를 알았다

너 를   앓 . 았 . 다

평범함 속 소중함

생일이라서 괜히 행복해지고 특별해지는 하루는
평범한 하루의 소중함이 있어서인가 보다.

그러니 어제도, 오늘도, 다가올 내일도 행복하길.
어쩌면 하루하루가 소중한 날들이기에.

보이지 않던 곳들

앞만 보고 달려가기에 너무 힘든 요즘
나만 힘든 것 같다는 생각에 힘들어 마요.
힘들 땐 잠시 돌아보는 시간도 가졌으면.
정작 앞만 봐서 보이지 않았던 주변엔
널 응원해주는 사람이 많은데.

향수

씻지 않은 몸을 새 옷으로 덮어도
체취는 완전히 감춰지지 않듯이
겉보단 속을 가꾸는 게 중요해요.

가까워질수록 그 사람의 향을 더 잘 맡을 수 있으니.

행복하자

아직 네가 잠들지 않았다는 걸 알아.
이 시간에 넌 고민으로 머리를 붙잡고 아파하기도,
걱정에 불안해하기도, 떠오르는 생각에 온 신경을 쓰기도 하
니까.

지금 네가 잠들지 못한 이 새벽은
그런 고민, 걱정을 생각하고 있기에
아까운 새벽이라 걱정이야.
그렇게 아파하고 있기보단 한숨 푹 자고
나랑 같이 맛있는 거 먹으러 가자.

그렇게 매일 행복해지자 우리.

새벽 달

항상 내 곁에 있던 네가 좋았는데
시간이 지날수록 우리 사이는
점점 더 멀어져만 갔다.

네가 희미해질 때의 소중함을 느꼈지만
결국 널 보낼 수밖에 없어, 바라보기만 한다.
언젠가 다시 널 볼 수 있는 새벽이 오겠지.

사소한 것들에

어릴 땐 사소한 것들에 재밌기만 했었는데
요즘은 왜 사소한 것들에 힘들기만 한 건지.

행복이라는 것

서로 다른 우리가 같은 시간에 자고
같은 시간에 일어나 같이 밥을 먹고.

내게 행복은 큰 것이 아니라,
서로 다른 우리가 같은 걸 하며
너와 내가 닮아가는 거야.

그런 버릇

요즘 너무 많을 땐 없다고 하는 버릇이 생겼다.
힘든 일이 쌓이고 쌓여도 아무 일도 없다는 듯이 행동하고
참고 견디는 게 버릇이 돼서 오히려 더 아픈 것만 같다.
힘든 티를 내기 싫은 건지, 힘들기 싫어서 아무 일도 없다고
내가 나에게 강요하는 건지 모르겠지만, 자꾸만 아무 일도
없다는 말만 한다.

어차피 남에게 티내도 바뀌지 않을 힘듦이니까.
하나하나 말하기에도 너무 많아 벅찬 내 아픔들을 굳이 꺼
내고 싶지도 않다. 그냥 왜 힘드냐는 질문보단 괜찮아질 거
라는 위로를 받고 싶다.

새벽

잠시 스쳐가는 생각을
정리하기에도 부족한 새벽

하루쯤은 신경 끈 채 푹 잤으면.
숱한 고민에 밤새우지 않았으면.

좋아함 때문에

좋아함 때문에 생긴 속상함이란 감정에도
큰 다툼보단 조금의 이해로 풀어나가길.
너를 마주 볼 때, 제일 행복한 내게
우연히 만난 넌, 오직 하나뿐인 사람.

다독임

힘들어도 되고 지쳐 있어도 돼.

잘해야만 한다는 부담감 때문에 혹여나 너를 더 망치게 될까 그게 걱정이야.
힘들어도 힘들지 않은 척, 아파도 아프지 않은 척, 자꾸만 괜찮은 척하며 척쟁이가 되지 않았으면 좋겠어.
힘든 만큼, 아픈 만큼 좋은 일이 생길 테니까. 지금은 있는 그대로 받아들였으면 좋겠어.

너는 왜 아프지 않으려 해, 너는 왜 괜찮아야만 해.

네게 지금 당장 잘할 수 있을 거라는 자신감보단
잘하지 못해도 괜찮다는 다독임을 주고 싶어.

하늘

하늘이 너무 예쁘다.
네 앞날도 하늘처럼
늘 예뻤으면.

꽃길만 걷길.

하루쯤은

하루쯤은 나빠도 된다고
하루쯤은 힘들어도 된다고
하루쯤은 무너져도 된다고

네 슬픔을 하루쯤은 내게 넘겨도 된다고.
오늘은 네가 우울하지 않았으면 하니까.

우연히 만난 넌,
오직 하나뿐인 사람.

너라는 계절

너의 스무 살은 어땠어.

문득 궁금해졌어. 열아홉, 네가 스무 살을 바라볼 때의 설렘
이 스무 살의 네게 있었을지.
한창 예쁠 때의 넌, 지금보다 예뻐질 거라고, 더욱 성숙한 사
람이 될 거라고 다짐했던 넌, 어떤 모습일지.
밤길을 무서워해서 집에 갈 때면 내게 늘 전화했던 넌
이제 잘 다니고 있을지.
혹은 네 핸드폰 속 통화목록엔 어떤 사람이 있을지.
좋은 사람과 맛있는 음식을 먹으며 하루를 예쁘게 마무리했
을지, 아니면 나쁜 사람에게 데여서 상처를 받진 않았을지.

예쁜 네가 지어줬던 나의 스무 살은
온통 좋은 기억뿐이라서 물어봤어.
온통 구름뿐인 하늘 아래서의 데이트는 행복했고,
널 보러 가기 전 꽃집에서 보냈던 고민의 시간조차 좋았어.
네가 집에 갈 시간엔 전화를 걸어 너를 달래고, 서로에게 준
예쁜 옷을 입고 껴안으며 품을 느끼고, 꿈에선 널 만나며 하
루를 마지막 했던 날들.
좋은 너로 인해 좋았던 나라서, 겨울에도 따듯했고 여름에도
덥지 않았어. 그렇게 나의 스무 살은 너라는 계절에 머물렀
나 봐.

너의 스무 살은 어땠어, 어떤 계절에 머물렀을까 너는.

천천히 흐르는 구름

행복이 네게 안 온다고 생각이 들 때면 하늘에 있는 구름을
보라고 말해주고 싶다.

천천히 흘러가는 구름에 가려진 햇빛처럼
햇빛이 찾아들지 않아 춥기만 하더라도,
행복은 없는 게 아니라 잠시 숨겨진 거라고.

네 슬픔이 모여 때론 눈물로 쏟아져도,
언젠가 슬픔은 걷히고 행복은 찾아올 거라고.

그러니 지금의 슬픔에 너무 지쳐 있지 않았으면,
조금씩, 천천히, 큰 행복이 찾아올 테니까.

상처가 많아서

상처가 많아서 표현하기보단 숨기는 것에 익숙해졌어.
좋아하는 마음에도 다가서지 못하고 한 발짝 물러나게 돼.
더 다가서면 나만 아프고, 더 마음 주면 나만 힘들까 봐 혼자
삭히기를 반복하지.

상처받을까 봐 마음을 닫아버리고
네가 좋아도 쉽게 다가가지 못하는 내 모습에 속상해.
또 같은 상황이 반복될까 봐, 똑같은 상처만 받을까 봐.
보여주고 싶지만 드러낼 수 없는 내 마음이야.

걱정이야

사랑받기에도 벅찬 너는, 여러 사람을 위로해주며
정작 네가 가진 근심을 남에게 털어놓는 법을 모르고
다른 사람에겐 힘을 주면서 너 혼자만 힘들어한다.

아직 누군가에게 털어놓는 게 익숙지 않아서,
혹여나 털어놓으면 다른 사람에게 짐이 될까 봐.

혼자만 앓고 있어서 새벽만 되면 꺼내놓지 못한 아픔에 우울
해지면 어쩌나, 그게 널 더욱 아프게 하면 어쩌나, 걱정이야.

하루쯤은 너도 네게 솔직해져도 돼, 아프지만 마.

상처만 남은 멜로디

처음이 좋아서 사랑을 퍼붓다가도 상처를 받고, 그땐 알 수 없다가도 돌이켜보면 좋은 기억만 남아 있기도 하잖아.

음악을 틀었을 때 첫 마디가 좋아도 끝은 마음에 안 들 수도, 처음은 긴가민가해도 끝은 좋을 수도, 혹은 처음부터 끝까지 네 마음에 들 수도 있고. 그냥 그런 거야.
알 수 없는 게 사랑이기도, 돌이켜보면 좋았던 게 사랑이기도. 노래를 듣다 보면 좋은 노래도, 안 좋은 노래도 흘러나오잖아. 지금 좋지 않았다면 다음 노래는 좋을 거고, 그 노래가 좋다면 반복해서 들으면 되니까.

상처만 남은 멜로디에 네 시간이 머물지 않았으면.

욕심

내 소유도 아닌 네게 질투가 나는 건 욕심이겠지.

상처

상처는 항상 더디다.

상처를 보고 있으면 왜 항상 더딘 것인지,
왜 그리 오래 머무는 것인지 상처 탓을 했지만
생각해보면 행복도 항상 오래 머물러 있었다.
행복을 받아들이지 못하고 더 큰 행복을 바랐기에 몰랐을 뿐.
더 큰 상처는 바라지 않으며, 더 큰 행복을 바라고 아프다고
만 말한다.

아픔이 공존할 수밖에 없는 욕심과 이기심의 사이
그 경계선에서.

육심과

이기심의 _____ 사이

항상

가끔 네게 전화를 걸지만,
항상 네가 마음에 걸렸어.

기대와 걱정

기대가 돼, 한편은 걱정이 돼.

몇 번 덴 상처 때문에 닫혀 있던 마음에 조용히 다가와 문 앞
에서 기다려준 네가 고마워서, 혹은 호기심인지 관심인지 내
감정에 궁금해져서.

힘들 때마다 기대게 해준 네가 있어서, 그럴 때마다 연락하
면 아무 투정 없이 받아줘서.
호기심에서 바뀌어버린 관심이라는 감정에 또.

너도 이런 감정일까라는 생각에 기대가 되고
나만 이런 감정일까라는 생각에 걱정이 돼.

아무도 아닌 사람아

난 너무 이기적이야. 나밖에 모르는 사람이야.

아직은 누군가를 만날 생각이 없어.
혼자인 게 편해서 누군가를 곁에 두고 싶지 않아.
일에 집중하고 싶고, 간섭하고 간섭받는 게 싫고,
누군가를 신경 쓰고 잘해줘야 할 필요도 없는 지금이라 혼
자인 게 편해.

근데 정말 가끔은 말야, 난 누군가를 안고 싶어.
당연하단 듯이 널 보러 나가 같이 밥을 먹고 소소한 얘기도
나누고, 술도 한잔 하며 밤을 보내고 싶어.
시간이 지나도 변함없이 서로를 위해주고
내 글의 주제가 온전히 너로만 가득한 그런 연애.

그러니 지금 곁에 없는 네가 어딘가에 있다면,
이기적인 내가 연애할 때까지 그 자리에 서 있어 준다면 꼭
잘해줄게. 하루하루가 사랑받음으로 가득 찬 날들을 약속할게.

아무도 아닌 사람아, 이건 널 위한 글이야.

내숭

나도 원하던 게 있었고 너 또한 원하던 게 있었다.
나를 대하던 너의 모습은 내숭이었다.

아무거나, 아무 데나
어떤 곳이든 괜찮다고 한 말 속에는
원하는 게 있었고 알아 맞혀야만 했다.

못났다고, 살쪘다고 했었지만 실제로 봤을 땐 사진에서 봤던
모습보다 예뻤고 훨씬 귀여웠다.

넌 그냥 내숭쟁이었다.

그럴 수밖에

놓치기 싫은 사람이라 잘못을 사과하고 싶고,
오해를 풀고 싶어도
네가 받은 상처와 실망의 크기를 알기에
그저 미안하다고 할 수밖에.

화가 풀리고 다시 얘기를 하고 싶어지기 전까진 네 기분이
더 중요하니까, 그저 미안하다고 할 수밖에.

빗소리

토독토독 빗소리에 눈을 감아도
너를 그리며 잠이 든다.

어떻게 해야 할까.
눈을 감아도 보이고
듣지 않아도 생각나는 너를.

연락 한 통

네게 연락이 없어서 내게 관심 없는 줄 알았어.
메시지를 읽지 않은 채 페이스북에서 활동하는 널 보면
괜히 내 연락이 귀찮을 것 같아서 혼자 마음을 줄여나갔어.

근데 너도 나랑 같은 생각이더라.
내가 우리 둘의 사이를 재며 먼저 하지 못했던 연락에
너도 내가 관심 없는 줄 알았다고 할 때 후회했어.
그냥 그런 생각하지 않고 먼저 연락할걸.

한없이 작아지는 나

너의 앞에선 한없이 작아진다.

연락도 안 받겠다고, 답장도 안 하겠다고 몇 번을 다짐했었는데 정작 네게 연락이 오면 또 답장을 쓰고 있는 날 보게된다.

전보다 못한 사이가 될까 봐 하고 싶었던 말도,
속에 있던 말도 못 하게 되고 혼자 후회하는 오늘이 싫어지는 하루.

네가 강한 건지, 나한테만 강한 건지, 혹은 내가 너한테만 약해지는 건지.

뻔한 연락

네가 나한테 연락한 이유는 뻔하지.
근데 개보다 내 곁이 더 편하다고 말하는 네게 해줄 수 있는
말이 뭐가 있겠어.
지금 같이 술을 마시고 있는 우리지만 내일이면 그 사람한
테 안겨 누워 있을 너 일걸 알기에,
오늘만 서로 나쁜 사람이 되는 걸로.

네 옆엔 자리가 없으니 내가 갈 수 없잖아.
정리를 하든지, 내 옆에 비워둔 너를 위한 자리로 오든지.

애매하게

너에게도 좋은 기억일진 모르겠다.

처음 알게 된 것부터 연락만 온종일 하기까지,

서로 사귀지도 않으면서 질투했던 것도.

둘의 관계를 서로만의 생각으로 판단해버려서

혹은 그것마저 깨질까 봐 두려워서.

누구 하나 용기내지 못 하고 애매하게 끝나버린 사이를.

질투와 집착 사이

너에겐 질투였고 나에겐 집착이었다.

나에게 작은 것까지 신경 써주는 모습이 싫은 게 아니었다.

너는 너의 가치관대로 날 바꾸려 했고, 그 작은 것들이 나에
겐 크게 다가왔다.

그 작은 것조차 날 이해하지 못하는 모습에 힘들게만 했었
고, 날 믿지 못하는 것 같아서 속상했다. 그래서 이어가기엔
너무 힘들었다. 속상함이 끊이질 않아서, 나만 이해하기엔
너무 벅차서.

난 네가 사랑하는 여자이길 원했지, 네가 사랑하는 새장에
가둬놓은 새이길 원하지 않았다.

독

널 생각했던 내 행동들이 오히려 너에겐 독이 되었다.
네 입장에서의 너는, 내 입장에서의 네가 아니어서.
주는 사람의 생각과 받는 사람의 생각은 달라서.

맞춰가던 내 모양은 엉망이 되어서 맞춰지기도 힘들고,
다시 되돌리기에도 힘든.

보라색

네 눈에 난 어떤 색일지 문득 궁금해졌어.
온종일 널 생각하게 될 때면 알 수 없는 감정들이 섞여서
애매한 색들로만 머릿속이 가득 차.
나에게 넌 이런데, 너에게 난 어떨지.

가끔은 내게 넌 보기만 해도 좋기만 한 푸른빛이기도,
혼자 질투가 나서 밉기도 한 빨간빛이기도, 하지만 그런 넌
내게 보랏빛인 사람인데.

호기심

난 널 좋아했고 넌 그저 호기심에 그쳤다.
너는 호기심에 다가왔고 나는 네가 좋아서 다가갔다.

네가 했던 행동들이 내 감정 때문인지 착각을 했다.
감정을 못 이겨서, 이성적이지 못 해서 좋은 대로 행동하고
너도 똑같을 줄 알았다.

너의 모든 행동에 난 설렜고 난 그것에 착각했었다.
좋아함을 확신한 후에 더 다가갔던 내 말과 행동에
넌 나를 밀어냈고 우린 딱 그 사이로만 남았다.

네가 호기심을 채울 동안 나 혼자 설레고,
나 혼자 애타고, 나 혼자만 좋아했다.

너의 스무 살은 어땠어,
어떤 계절에 머물렀을까 너는.

다시 너를

다시 너를 볼 수 있을까.

네 얼굴을 보는 게 걱정이 아니라
널 다시 보고도 내가 괜찮을지,
네가 앞에 있어도 내가 안 흔들릴지.

또다시 상처받을까 봐,
또다시 나만 힘들까 봐.

아픈 밤

네가 좋아하는 사람을 알게 됐어.

그 사람이 내가 아니라는 것도,

나보다 더 여러 면으로 뛰어난 사람이라는 것도 알게 됐어.

네게 전화를 걸 때 통화 중인 것도,

내게 답이 느릴 때도 누구와 연락한 건지 알게 되니까

뭔가 이해가 되면서도 속상하더라.

항상 네가 신경 쓰였는데
네 신경엔 내가 없었다는 게 그저 슬플 뿐이야.

그냥 아프고 힘든 밤이야 오늘은.
네겐 그 사람과 통화하는 행복한 밤이겠지만.

언제쯤이면

머릿속 아픈 기억들은 항상 따라다녀서 언제나 날 괴롭힌다.
잊었다고 생각이 들 때쯤엔 다시 날 찾아와 아프게만 한다.

내가 뭘 그렇게 잘못했는지에 대한 원망과 과거의 내 탓을
하는 자책이 동시에 찾아와 어느 것 하나 하지 못하는 모습
에 더더욱 머리가 복잡해지기만 한다.
오랜 시간 반성과 후회를 했지만, 그 기억들이 여전히 날 따
라다니는 걸 보면 실수라고 말하기엔 너무 컸던 잘못이라
나 스스로가 싫어지는 기분.

언제쯤이면 괜찮아질까,
언제쯤이면 떨어져 나갈까 그 꼬리표들이.

며칠

먼저 연락하지 않으면 오지 않는 네 연락에,
먼저 만나자고 하지 않으면 볼 수 없는 우리 사이에,
나만 놓으면 끝날 우리 사이라서 궁금하다.

네 달력에 난 며칠 정도일까.

어쩌면 그럴까 봐

어쩌면 의미 없는 기다림이 네겐 작은 희망일까 봐,
나만의 방식이 네겐 큰 상처가 될까 봐,
내겐 너무 착했던 새하얀 너에게 나쁜 나를 더 칠할 수가 없
었다.

받은 상처를 치료해줄 순 없기에 더 상처를 주지 않기로 결
심해서.

서로의 생각들

서로를 이해 못 하는 상황.
각자의 서운함만 말하며 남의 얘기를 듣지 않으면
다툼은 반복되고 하는 말도 반복된다.

꼬인 끈을 풀기 위해 서로 이해하고 한 발짝 물러나
끈을 한 쪽씩 잡아당기면 될 뿐.
하지만 서로의 끈만 잡고
결국은 그 끈을 가위로 자르려고만 한다.

풀 수 있는 상황을 끝내려고만 하는.

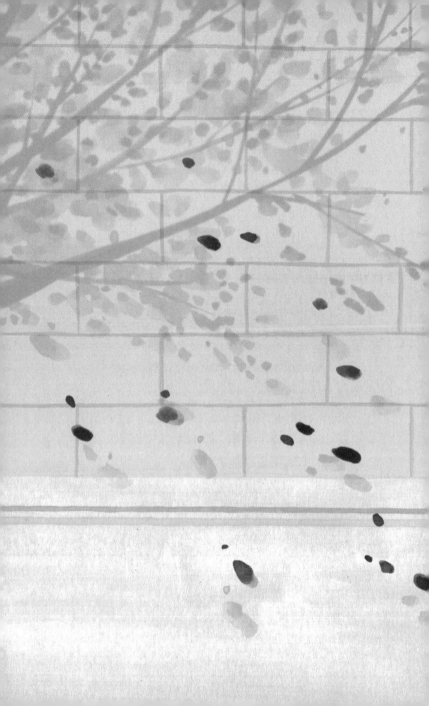

별게 아닌

어쩌면 헷갈리게 하는 네 행동보다
내 행동을 더 원망하게 돼.

별거 아닌 일에 설레이고,
별거 아닌 사이를 기대하고,
그것보단 네게 별거 아닌 나라서.

한 사람

내겐 네가 전부라도
너에게 난 수많은 사람 중 한 사람일 텐데.

온종일 온 생각이 들 만큼 혼란스럽게 했던 너의 '보고 싶다'
는 말도, 들어도 믿지 않은 척했던 '예쁘다', '귀엽다'는 칭찬
도 어차피 '나에게'만 그러는 게 아닐 텐데.

네 대화 목록엔 연락할 사람이 나 말고도 많을 텐데.

어차피

어차피 예쁠 거면서
머리도, 옷도 고민하고 있는 게 바보 같다.
그렇게 고민해서 누구한테 잘 보일 거냐고 묻는 말에
한번쯤은 '너'라고 대답해줬으면 좋겠는데.

무감각

연애에 대해 무감각해진 것 같다.
지나간 사람에 대한 그리움도, 새로운 사람에 대한 무관심도
아닌데, 그저 어떻게 해야 할지를 모르겠는 느낌.

어떤 말투, 어떤 행동, 상대방과 내 사이를 재는 것들이 귀찮
기만 할 뿐.

'내가 누군가를 사랑할 수 있을까'라는 생각보다
'나를 사랑해줄 누군가가 있긴 할까'라는 생각.
내가 느꼈던 연애의 설렘과 좋았던 감정들을
다시 느낄 수 있을지에 대한 궁금증.

표정

오늘은 행복한 표정일까, 슬픈 표정일까.

네 말 한마디에 기분이 좋았다가, 나빴다가 하는 나라서, 네
행동 하나에 몇 번이고 마음을 닫았다, 열었다 하는 나라서,
네 곁에 있는 사람에 안심하고 불안하고를 반복하는 나라서.

오늘은 어떤 네 모습이 내 표정을 그리게 될까.

소나기

준비도 안 된 내게 넌 갑작스레 찾아와 너로 다 적셔놓고선,
언제 그랬냐는 듯 다른 곳으로 가버렸다.

너로 흠뻑 젖은 나에겐 말릴 시간도 주지 않고선.

혹시나, 역시나

혹시나 걱정돼서 했던 말은 역시나로 돌아왔고 전보다 더
못한 사이가 되었다.

어디서부터 꼬였는지도 모르고 상대방만 탓하기엔 내게도
책임이 아예 없다고 할 순 없어서 답답한 마음만 남아 있다.

서로에게 한 번을 솔직하지 못해서 멀어졌다. 겁을 냈던 게 실수였는지, 적극적이지 못했던 게 실수였는지.

또다시 상처를 받는 게 두려워서, 똑같은 일이 생기는 게 싫어서, 감정과 이성 사이에서 갈피를 못 잡았던 게 실수였는지. 혹시나 하는 마음은 언제나 역시나 하는 상황으로 돌아온다.

"어떻게 해야 할까.
눈을 감아도 보이고
듣지 않아도 생각나는 너를."

지금의 행복

미래를 위해 굳이 현재를 버려야 하는지 모르겠어.
보고 싶으면 보러 가고, 연락하고 싶으면 연락하고.
당장의 지금만 바라보고, 지금의 행복을 위한 걸 한다면 시
간은 알아서 흐를 테니까.

그럼 매일매일이 행복할 텐데.

하루 종일

하루 종일 우울하고 서러울 때도,
해야 할 일은 많고 되는 일은 없을 때도,
혼자 티 내지 않으려 하면서 힘들어하지 않았으면 좋겠다.

프로필 사진을 내려도, 상태 메시지를 없애도,
네 표정을 알아보고 내가 먼저 연락할 테니까,
혼자 앓지 말고 다 털어났으면 좋겠다.

울고 있을 때 다 잘 될 거라는 뻔한 위로보단
가만히 어깨를 내주거나 가만히 옆에서 다독여줄 테니까.

여전히 널 사랑해

지치면 놔주는 게 맞는 건데, 나는 너무 이기적이게도 너를 놓지 못해 혹시나 마지막일까 봐 얼굴을 하나하나 손에 담고 있다.

어떻게 해야 너를 지치지 않게 할까, 너한테 쉬워 보이는 게 나한테는 왜 이렇게 어렵고 부족한지…
오늘도 아무 말 없이 웃지 않는 너를 보니 마음이 아팠어.
나한테 항상 천사 같았던 네가 아무렇지 않게 나한테 웃어주지 않는구나 하니 헤어지면 얼마나 낯설까…

너를 옆에 두고 생각이 많은 밤이야. 잘 자고 있는 너는 언제나 예쁘네. 조금씩 마음 정리는 해야 하는 건지 복잡하다.
여전히 널 사랑해.

예쁘다

예쁘다.

밥을 먹을 때 내가 수저를 놓아주면 물을 따라주는 모습도, 물을 홀짝홀짝 마시면서 그동안 잘 지냈냐고 보고 싶었다고 말하는 모습도, 음식이 예쁘다며 사진을 찍는 모습도, 초밥을 먹을 땐 꼬리를 못 먹어서 내가 꼬리를 잘라줘야 하는 것도, 고기를 구울 땐 나보고 구워달라며 부리는 애교도, 그 옆에서 마늘이랑 김치를 굽는 모습도, 된장찌개를 시켜서 밥이랑 같이 예쁘게 먹는 네 모습이.

길을 걸을 땐 손이 아닌 팔을 잡고 걷는 모습도, 여기도 가고 저기도 가자고 하는 것도, 보이는 음식점마다 먹고 싶다고 하는 모습도, 길거리 음식을 먹으면 꼭 입에 묻혀 내가 닦아줘야 하는 것도, 나보다 빨리 가려고 내 손을 잡고 뛰어가는 것도, 혹은 빨리 가려고 총총걸음으로 걷는 네 모습이.

영화를 볼 땐 팝콘 말고 버터구이 오징어를 더 좋아하는 모습도, 콜라보단 사이다나 환타, 에이드를 먹는 모습도, 영화가 시작되면 집중하는 모습도, 슬픈 내용이라며 우는 것도, 4D 영화를 보면 물이랑 바람 때문에 머리 망가진다고 짜증내는 네 모습이.

같이 앉아 있을 땐 핸드폰보단 내 손을 가지고 노는 것도, 내 어깨에 기대서 자꾸 쓰담 쓰담 하게 만드는 것도, 눈이 마주치면 뽀뽀해달라고 애교를 부리는 것도, 핸드폰을 꺼내서 사진을 찍자는 네 모습이.

밥 먹은 후에 배가 나왔다며 배를 만져보라는 모습도, 에스컬레이터에선 나보다 한 칸 위에 서서 나보다 커졌다고 키를 재고 백허그를 해주는 것도, 예쁘게 보인다고 치마를 입고 나와서 내가 신경 쓰여서 가리게 만드는 것도, 칠칠맞은 사람이라 자기 물건을 잃어버릴 것 같다며 나한테 맡기는 모습도, 단발머리나 긴 머리에 멜빵을 입어서 귀여운 네 뒷모습이.

예쁘다.

영화표

영화를 같이 보고 싶은 사람이 생겼어.
영화표 하나는 네 손에 쥐어주고 네가 안 온다면 혼자 봐야
지 뭐.

만약 네가 온다면, 내가 네게 하고 싶었던 말이 대사로 나온
다면, 그냥 네 얼굴을 빤히 쳐다봐야지.

직접 말하긴 부끄러우니까.

순간의 기억

영화를 보고 기억에 남은 장면에 흘러나온 노래를 찾듯이
너와 데이트 한 후엔 길거리에 흘러나온 노래들을, 카페에서
듣게 된 노래들을 어느새 듣고 있다.

아마 길거리에서 너와 손잡고 걸었던 순간이,
카페에서 서로 턱을 괴고 마주 봤던 순간이 너무 좋아서겠
지. 그렇게 넌 내게 좋은 기억인가 보다.

줄임표

다투기 싫은 마음에 너를 이해하려 해.

"괜찮아…"

오늘도 정작 하고 싶은 말은 줄임표에 담고 괜찮다는 말로
포장했어. 속상함을 너무 자주 말하면 네가 질려 할까 봐,
그게 두려워서 다투기 싫은 마음에 너를 이해하려 해.
혼자 참고 넘어가면 다투지 않을 테니까 너를 이해하려고
오늘도 괜찮은 척을 해.

가끔은 정말 괜찮다고 해도 알아주면 안 될까.
오늘도 진심은 "괜찮아"가 아닌 "…" 속에 있었으니까.

좋아하는 감정엔

좋아하는 감정엔 바보스러움이 따라서 오나 보다.
늘 신던 신발 한 켤레, 늘 쓰던 향수 한 통, 늘 입던 옷의 소
맷자락까지 괜찮을지 내 모습에 고민하게 되고, 어디를 가야
네가 좋아할지, 음식은 입에 맞을지, 구두를 신어서 다리는
안 아플지 네 모습을 걱정하게 된다.

좋아하는 마음이, 내게 당연했던 그 쉬운 것들 하나조차 어
렵게 만들었다.

아무것도 모르는 내게 넌 그렇다.
당연하지 않은 네가, 더 알고 싶은 네가.

확신 그 하나

내게 필요한 건 확신 그 하나였어.
복잡한 감정들만 맴돌 땐 널 확신하지 못했으니.

내게 문제가 있던 것도, 네게 문제가 있던 것도 아니었지만
네가 좋아도 우리에 대한 걱정에, 나에 대한 걱정에 연락을
끊어버렸던 나야.

온갖 걱정이 사라지니까 감춰놨던 감정이 보여서 네가 그리
워. 확신 하나 없어서 널 잃은 후에야, 널 떠나보낸 후회를
해. 다시 연락해도 괜찮을까, 또다시 상처를 주게 되면 어쩌
지, 고민하다 그냥 내려놔 오늘도.

고백데이

"오늘 고백데이래."

별것 아닌 말 같겠지만 네 반응을 보고 싶었어.
발렌타인데이가 아니더라도 네게 초콜릿을 주고 싶고, 로즈
데이가 아니더라도 네게 꽃을 선물하고 싶고, 허그데이가 아
니더라도 너를 품에 안고 싶은데, 오늘은 오죽할까.

감정의 줄다리기

확실함을 바랐던 너라서 확신을 주고 싶었지만 그럴 수 없었어. 나에 대해 확신을 가진 너와 달리 나는 널 알아가고 싶었던 마음이 컸을 뿐이야. 넌 그런 나를 위해 기다려줬지만 기약 없는 기다림마저도 네겐 고통이란 걸 알아서, 하염없이 기다리게만 하고 싶지 않았을 뿐이야.

너에 대한 확신이 없는데 어떻게 네게 확신을 줄 수 있겠어. 서로를 위해 멀어져야지. 너는 덜 아프기 위해서, 나는 덜 나쁜 사람이 되기 위해서.
확실한 우리 사이를 원하는 네게 할 수 있는 말은 기다려달라는 게 아니라 끝내자고 하는 거니까.

의미 없는 줄다리기가 힘들면 줄을 놓고 떠나도 돼.

떠난 네가 그리워진다면 나만 후회할 테고, 줄이 끊어진 게

아니니까 마음이 생긴다면 그때 와서 다시 잡아도 되니까.

우리 지금은 서로 그만 힘들고 싶잖아.

너도, 나도.

참 / 예쁘다 /

네   모 / 습 / 이

보고 싶어

'보고 싶어'라는 말에 전부 담을 수가 없나 보다.

사진첩에 가득한 네 모습을 보며 웃고 있는 내 입은 또,
네가 보고 싶어서 너를 찾게 되는 내 행동은 또,
괜스레 보고 싶은 마음에 투정을 부리는 내 못난 성격은 또,
너를 보는 날을 기다리며 시간이 얼른 가길 바라는 내 모습
은 또.

네가 보고 싶은 마음을 표현하지 못하고 혼자 참는 내 모습
은 왜 이리도 부끄러운지.

오랜 연애

"연애가 편하기만 하고 처음의 설렘이 없는데 끝인가요?"

내게 온 질문 중에 제일 많았던 질문인 것 같다.

서로를 잘 몰라서, 알아가는 것보다 이미 서로를 너무 잘 아
는 것도 설레는데.
당연하단 듯 매일 아침 일어나서 하는 연락도, 늘 가던 카페
에선 상대방이 늘 먹던 걸로 주문하는 것도, 밥을 먹을 땐 내
가 수저를 놓고 네가 물을 따라주는 익숙함도 전부.

설렘이 느껴져서 서로가 좋은 연애보단
편안함이 남아서 서로가 아니면 안 되는 연애.

약속

당장 가진 건 없지만 널 꼭 행복하게 해줄게.

꽃을 좋아하는 너라서 지금은 이런 작은 꽃신을 네게 신겨
줄 수밖에 없지만, 나중엔 우리 같이 꽃집을 차리자.
네게 몇 송이를 선물해도 모자라지 않게,
장미, 리시안셔스, 목화 ….
매일 다른 꽃말들로 네게 고백할 수 있게.

항상 곁에 있어줘서 고마워.
남부럽지 않게 꽃길을 걷게 해줄게.
잘난 거 하나 없는 나지만 내가 확신할 수 있는 건, 널 많이
사랑한다는 자신감뿐이라 절대 널 힘들게 하지 않을게.
그냥 그렇게만 예쁨 받으며 곁에 머물러 줘.

사랑의 부호

끝임없이 난 사랑에 물음표를 찍고 싶었고,
넌 늘 언제나 느낌표를 주었으면 해.

좋아한다

나는 좋아한다, 네 모습을.

어깨를 넘어 떨어진 머리칼과 신발에 따라 달라지는 네 작은 키도, 웃을 때 살짝 들어가는 보조개도, 헝클어져 있어 정리해야 하는 네 앞머리도, 자연스레 나오는 네 웃음도, 네 볼에 있는 점마저도 예쁘다.

나는 좋아한다, 네 습관을.

작은 인형을 좋아해서 인형뽑기 기계 앞을 쉽게 못 지나가는 모습에, 어딜 가나 손에서 놓지 못하고 들고 다니는 거울에, 술을 마신 후엔 네 물컵엔 물이 항상 가득해야 하는 것도 익숙해졌다.

나는 좋아한다, 네 성격을.

속상한 걸 말 못해서 혼자 속으로 아파하는 네가, 작은 일 하나에 기분이 오르락내리락하는 네가, 때론 아이같이, 때론 어른스럽게 알 수 없는 네가, 당연한 것도 항상 듣고 싶어 하는 네가 좋다.

나는 좋아한다, 너를.

내가 예쁘게 보는 네 모습조차 못나게 보는 네가, 네 행동 하나하나를 맞춰주면 어떻게 알았냐며 신기해하는 네가, 내 이상형이 되어버린 성격을 모두 갖춘 네가 많이 좋다.

네 모든 게 좋다는 말 속엔 이렇게 많은 말이 담겨 있다.

네 생각이 나서

날씨가 좋아서 네 생각이 났어.

같이 공원을 걸었던 게 생각이 나서, 햇볕에 머리가 뜨거워졌다고 서로의 머리를 만졌던 게 생각이 나서, 우리가 만났던 날 항상 비가 와서 투덜거리던 네 모습이 생각이 나서.

날씨가 좋든, 나쁘든 네 생각이 나는 게 정말 날씨 때문인지. 아니면 항상 네 생각을 하면서 괜한 날씨 탓을 하고 있는 건지 모르겠다.

사랑하고 사랑 받는다

남자 친구는 선물을 준비한다.

표현에 서툰 그는 그녀의 웃는 모습을 보고파서 온 동네를 뒤지며 선물을 고른다. '이걸 좋아할까, 저걸 좋아할까.' 고민하며 겨우 꽃 하나를 고른다. 그렇게 하면 행복해할까 봐 오늘도 선물을 준비한다. 여자 친구가 선물을 받을 때마다 행복해하는 모습이 좋아서. 이렇게 또 사랑한다.

여자 친구는 선물을 받고 행복하다.

단지 선물 때문에 행복한 건 아니다. 꽃집에서 제일 비싼 꽃을 줬어도, 길가에 핀 꽃 한 송이를 꺾어 왔어도 행복해했을 거다. 꽃을 보며 자신을 생각했을 남자 친구의 모습에 행복해한다. 곁에 없는 순간에도 내 생각을 한다는 게 고마워서. 그렇게 또 사랑을 받는다.

너와 같이 있는 시간

내게 넌 충전기를 들고 가지 않아도 되는 그런 사람이야.
너의 말에 귀를 기울이고, 너의 표정에 시선을 고정하고, 너
의 습관을 머리에 기록하느라 심심할 틈이 없는 그런.

너는 어떨지 모르겠지만, 너와 같이 있는 시간은 핸드폰 배
터리가 떨어지는 게 걱정되는 그런 시간보다 너와의 하루가
마무리되는 게 싫어서 걱정하고 있는 그런 시간.

오늘은 어떤 네 모습이
내 표정을 그리게 될까.

그저 예뻐서

너는 취했을 때 정말 예쁘다.
살짝 풀린 눈, 귀를 기울이지 않으면 알 수 없는 네 발음, 내게
자꾸만 끄덕거리는 네 고개도.

내게 조금 전에 했던 질문을 또 하며 물어보면 난 그저 모른
체하며 들어줄 수밖에 없고, 속상한 게 있어서 날 때리면 어
떤 건지도 모르는 체 널 껴안으며 미안하다고 할 수밖에 없
고, 취기에 갑자기 애교쟁이가 되어버린 네가 입술을 내밀면
나도 입 맞춰줄 수밖에 없다.

어쩌면 그때밖에 볼 수 없는 네 모습이 너무 귀여워서 너와 자꾸만 술을 마시고 싶다.

네가 취하면 자꾸만 까먹는 게, 자꾸만 때리는 게, 자꾸만 뽀뽀하는 게 그저 예뻐서.

너는

너는 화나면 휙 토라져서 집으로 뛰쳐간 뒤,

다음 날 다시 미안하다며 돌아오겠지만

나는 네 집 앞에서 내일까지 기다릴거야.

핑계

너와 데이트를 할 때면 네가 전 남자친구와 갔던 곳을 가고
싶다.

네게 조금 익숙한 곳이고, 내겐 낯선 곳이더라도.
예전에 걸었을 거리를 나와 함께 걷고, 맛있는 밥을 내가 먹
여주고, 예쁜 카페에 가서 소소한 얘기를 나누며 하루를 보
내고 싶다.

어쩌면 넌 생각도 안 할 테고 나 혼자만의 질투겠지만,
이제 네가 그 장소를 갈 땐, 그 사람 말고 내 생각이 나라고.

고마워

너한테 참 고마워. 표현이 서툰 나라서 어떨 땐 널 서운하게
만들었지만 그것까지 이해해줘서.

되게 신기해. 어쩌면 나보다 좋은 사람은 많을 텐데 나에게
최고라 말해주는 네가.

아무리 다 이해한다고 해도 너도 여자인데.
가끔은 속상할 때도 있고, 내가 연락이 안 돼서 불안할 때도
있겠지만, 그럴 때면 꼭 말해줬으면 좋겠다.
좋은 네가 좋은 나를 만들었듯이, 바로 달려가서 꼭 안아주
며 그런 불안감은 내 품에서 녹여버리게.

예쁜 눈, 예쁜 너

너한텐 세상 모든 게 예뻐 보이나 보다.

지나가던 강아지도 예쁘다고 눈을 못 떼는 너는,
어둠으로 덮인 밤하늘도 예쁘다고 사진을 찍는 너는,
못난 것투성인 내 모습조차 사랑해주는 너는 그렇다.

정작 너 자신은 못났다고 말하는 네가 모르는 게 하나 있다
면, 그건 모든 것들이 예쁜 게 아니라 그걸 바라보는 네 눈이
예쁜 거라는 사실.

네가 더

길을 걷다 무심코 본 바람개비도 귀엽다며 사진을 찍던 너
인데, 난 퉁명스럽게 저게 뭐가 귀엽냐고 했지만, 이미 내 핸
드폰 사진첩엔 사진 찍고 있는 네 뒷모습이 가득하더라.
바람개비보다 더 귀여웠어 네가.

감정의 크기

'넌 내가 얼마나 좋아?'
자꾸만 넌 내 감정의 크기를 물었지.

바닷가 백사장에 네 이름 세 글자를 적으며 난
'이만큼'

넓은 바다도 아니고, 크지도 않은 글씨.
금방 파도에 휩쓸려 떠내려가 사라진 네 이름에
너는 이 정도냐며 금세 등을 보이며 토라졌고,
난 다시 모래에 네 이름을 새기며
'또 이만큼'

앞으로 네가 속상한 날들이 있을지도 모른다고,
어쩌면 우리에게도 힘든 날들이 찾아올 거라고,
그래서 네 마음이 저 글씨처럼 언젠가 조금씩 지워질 수도
있다고. 그럴 때면 난 다시 적고, 몇 번이고 계속해서 적겠다
고. 힘든 날이 많아도 계속해서 이어나갈 수 있게끔 그렇게.

그렇게 파도가 잠잠해질 때까지 너를 내 안에 적어서
평생 지워지지 않는 널 담을 수 있게. 그만큼.

알 수가 없다

네가 술에 취해 아무것도 할 수 없을 때,
내가 널 데리러 갈 때의 시간 속 감정을 넌 모르겠지.

뭔지 모를 서운함과 큰 걱정과 내 감정이 섞인 채 한 시간을
달려 널 봤을 때, 보고 싶었다는 네 애교에 풀려버리는 날.

알 수가 없다.
그렇게 화가 났어도, 그렇게 한 시간 동안 택시를 탔어도,
네 얼굴을 보자마자 풀리는 나를.

좋아서 싫어

네가 좋아서 네가 너무 싫어.

좋아해서 네가 아무리 내게 상처를 줘도,
날 힘들게 해도, 내가 좋아하는 감정에 널 이해할까 봐.

좋아해서 널 놓지 못 할 것 같아서.

"너는 존재만으로 예쁜 사람이야.
사랑에, 사람에 데이고
상처받았어도 못나지 않았어
너라는 꽃은."

아마 너는 모른다

사랑을 직접적으로 잘 표현하지 못하는 나는 이렇다.

잠이 많은 나는, 네가 졸릴 때까지 너를 기다려주고.
매운 걸 잘 못 먹는 나는, 네 입에 맞춰 매운 음식을 주문하고. 부끄러움이 많은 나는, 네 뒷모습만 핸드폰에 담고.
기억력이 좋지 않은 나는, 널 잊지 않으려 메모장에 널 새겼고. 예쁜 말을 못 해주는 나는, 예쁜 꽃으로 대신 네 마음을
산다.

표현이 서툰 내가 할 수 있는 건, 네게 나를 맞추는 일.
아마 너는 모른다. 나는 그렇게 널 좋아하고 있다.

꽃 한송이

꽃 한 송이에 행복해하는 너라서 고맙다.

네게 꽃을 주면 넌 부끄러움에 '뭘 이런 걸 사 왔어'라며 퉁
명스럽게 말하고, 난 '꽃이 예쁘길래'라고 넘기듯 말하겠지
만 사실은 꽃보단 꽃을 받고 좋아하는 네가 예뻐서.

인터넷을 뒤지며 꽃말을 찾아보기도, 널 만나기 전 조금 일찍 나가서 꽃집을 들르기도, 만날 땐 꽃을 등 뒤로 숨겨놓는 장난을 치는 이유는.

웃을 때의 네 모습이 예뻐서, 꽃을 자주 사게끔 만든 네 예쁜 미소가 끊이질 않길 바라서.

네게 취한 밤

네게 취해 있는 밤이야.

오늘은 힘들더라도 계속 마시고 싶은 날이야.
내게 독이 될지, 득이 될지 모르는 너.

네가 날 힘들게 하는 사람이더라도,
날 괴롭게 만드는 사람이더라도
그저 오늘은 네게 취하고 싶은 날.

사소한 행동 하나

때론 여러 말보다 사소한 행동 하나가 좋다.

힘들고 지쳐 있을 땐
많은 위로의 말보단 따듯한 포옹이.
보고 싶다 말하면 '나도 보고 싶어'라는 말보단
보러 와주는 것이.
사랑한다고 백번 말해주는 것보단
사랑을 표현하는 것이.

왜 이리 못났을까

사진 속에 있는 네 모습은 왜 이리 못났을까.
웃을 때 살짝 들어가는 보조개도,
헝클어져 있어 정리해야 하는 네 앞머리도,
자연스레 나오는 네 웃음소리도,
어쩔 줄 모르는 입꼬리마저도.

그런 예쁜 모습들을 사진에 담기엔 부족한 탓일까.

오늘은 더

아무 말하지 않고 눈을 맞춘 채로 새벽을 보내고 있는 지금,
내일 일찍 나가야 한다는 네 말엔 귀를 닫을게.
한 번으로 끝낼 마음은 없거든.
서로의 숨소리와 뜨거운 공기로 방 안을 가득 채운 지금을
보내기 싫으니까.

걱정은 하지 않았으면, 땀에 젖어서 정리되지 않은 네 모습
을 오늘은 더 예뻐해줄 테니까.

얼음

얼음을 좋아하는 그녀에게 얼음 두 조각을 가져다줬다.

그녀는 내심 서운했다. 얼음을 좋아한다는 걸 알면서 두 조 각밖에 주지 않았다는 사실에.

그는 속상했다. 가지고 있는 얼음이 두 조각뿐이라 그녀에게 전부를 준 것인데.

누군가에겐 전부일 수도 있고,

누군가에겐 일부일 수도 있는.

그렇게 같은 것이지만 느끼는 사랑은 달랐다.

일기장

오늘도 이렇게 일기장에 널 담고 있다.

너와 달리 손재주가 없어서 맛있는 음식 하나 만드는 것도,
예쁜 널 사진에 담는 것도 잘 못하지만.
너와 달리 표현에 서툰 나여서 말 하나 예쁘게 하는 것도,
애교 하나 부리는 것도 못하지만.
너와 달리 눈치가 빠르지 않아서 가끔은 내 철없는 행동에,
철없는 말들에 널 속상하게 만들지만.

내가 할 수 있는 건 오직 네 행동 하나, 네 말 하나 잊지 않기
위해 내 눈에 담긴 널 손으로 옮기는 일.

어제의 널, 오늘의 일기장에 적어놓는 일.

한 글자

일기장에 적은 네 사랑의 문구들을 보고 있기에 행복한 새
벽이야.
글씨는 조금 삐뚤어도, 문장들이 길지 않더라도.
그 속에 네 마음을 전부 넣어놓은 것 같아서
한 글자씩 꺼내며 사랑받음을 느끼게 돼.

넌 글자만으로도 날 행복하게 해줄 수 있는 사람.

하루

잠에서 깨어났을 때 핸드폰에 날 생각하며 적은 네 사랑의 문구들도, 물어보지 않아도 밥 먹고 있다면서 내게 사진을 보내 밥 맛있게 먹으라며 오는 연락도, 뜬금없이 일이 끝난 후엔 날 기다리다 보고 싶었다며 꼭 껴안고 집까지 같이 걸어가자는 네 따뜻한 말도, 잠이 들기 전에 전화로 내가 잠들 때까지 수다를 떨고 좋은 꿈꾸라며 재워주는 네가.

어쩌면 내 하루 기분을 결정짓는 사람.

과거

중학생 때 멈춰버린 아담한 키 158cm,
변하지 않은 애기 입맛의 취향들,
어렸을 때부터 가지고 있던 사소한 버릇들까지.

어쩌면 난 네 과거까지 사랑하고 있나 보다.

잠이 들기 전에 전화로
내가 잠들 때까지 수다를 떨고
좋은 꿈꾸라며 재워주는 네가.
어쩌면 내 하루 기분을
결정짓는 사람.

그만큼 널

상처가 많은 너라서 혹여나 또다시 상처를 주게 되면 어쩌
나, 닫혀 있는 네 마음을 쉽게 두들기지 못해 오늘도 앞에서
만 서성였어.

남들처럼 나도 닫힌 문을 두드려볼까, 벨이라도 눌러볼까
오늘도 그렇게 한참을 고민하다 그냥 꽃 한 송이 사 왔어.

언제가 될지 모르지만 네가 괜찮아져서 문을 열고 나오면 그때, 네게 하루에 한 송이씩 사온 꽃다발을 주면서 말하게.

이만큼 기다렸다고, 그만큼 널 좋아한다고.

너라는 꽃은

꽃이 시들었다고 예쁘지 않다며 등을 돌리는 사람이 있는
반면, 그저 꽃이라는 존재만으로도 시든 모습마저 예쁘게 바
라보는 예쁜 눈을 가진 사람도 있더라.

너도 너라는 존재만으로 예쁜 사람이야.
사랑에, 사람에 데이고 상처받았어도 못나지 않았어,
너라는 꽃은.

너와 함께라면

PC방에서 라면을 먹고 게임을 하며 밤을 새우는 것도 재밌었고, 화려한 레스토랑이 아닌 분식집에서 같이 떡볶이에 순대를 먹는 것도 무엇보다 맛있었고, 형형색색 보석 반지보다 서로에게 선물한 사탕 반지를 낀 손이 빛나 보였고, 너와 손잡고 걷던 평범한 거리도 그 어떤 길보다 예쁜 길이었어.

평범한 연애라도 너라면 괜찮아.
그렇게 소중한 네가
평범한 일상에 스며들면 그것마저도 특별하게 느껴지니까.

좋아하나 봐, 아니 좋아해

우연히 꽃집에서 작고 예쁜 한 송이의 꽃을 봤을 때, 맛집에 가거나 예쁜 장소를 걷고 있을 때, 좋은 멜로디에 좋은 가사들이 나올 때면 꼭 네 생각이 나.

네게 예쁜 것들을 선물하고 싶고, 그렇게 너와 함께 예쁜 길을 같이 걷고 싶고, 그렇게 예쁜 너를 곁에 두고 싶을 때면 그게 확실한 것 같아.
네 속상함을 달래줄 사람이 내가 되었으면 좋겠고, 늦은 시간엔 널 당연하게 집까지 바래다주고 싶고, 네 모습을 보면 사진기를 들고 싶고, 네가 추울 땐 당연하단 듯이 팔을 벌려 품에 안고 싶고, 우연이라도 널 마주치면 꼭 그게 운명 같단 말이야.

어쩌지, 이제 네가 내 문장들이 될 것 같은데.

사소한 네 행동

사소한 네 행동들이 나를 더 행복하게 만들어.

매년 기념일마다 챙겨주는 선물 하나, 화려한 이벤트처럼 큰
행복보단 매일 아침 날 깨워주는 네 목소리.
바쁜 와중에도 네가 뭘 하고 있는지를 알 수 있게 해주는 연
락 몇 통. 내 생각이 났다며 만날 때 등 뒤로 숨겨둔 작은 선
물들과 사랑스럽게 쳐다봐주는 네 눈빛.
예쁘지 않은 내 모습을 예쁘다고만 하는 네 말들.

작은 것에서 나오는 사소한 행복들이 모여서
더 행복한 나를 만들어.

너에 대한 모든 것

너는 꼭 가위바위보를 하면 주먹부터 낸다. 너의 습관인 건지, 너는 그걸 알고 있을지 모르겠지만.

그럼 난 때론 그런 널 알고 가위를 내서 져주고, 기분이 좋아진 너는 내 어깨에 기대서 나한테 또 졌다며 날 바보라고 하지만, 난 그런 널 보며 웃는다. 똑같은 행동과 반복되는 네 습관에 일부러 져주는 일이 네 행복이 된다면, 난 항상 그러고 싶다.

좋아하는 음식은 뭔지, 싫어하는 것은 뭔지, 너의 습관은 뭔지, 너에 대해 더 알고 싶다.

좋아하는 음식이 뭔지 더 알게 된다면 네가 시키지 않아도 네가 좋아하는 걸 시켜놓고, 네가 싫어하는 행동은 네가 알게 모르게 피할 수 있고, 너의 습관을 알게 되면 내가 네게 맞춰주며 항상 네게 져줄 수 있으니까.

너에 대해 많이 알수록 네가 웃는 모습을 많이 볼 수 있으니까. 너에 대해 많이 알수록 너를 사랑할 수 있는 방법이 많아지니까.

보통의 연애

보통의 연애를 하자. 평범한 옷차림에 우리만 아는 암호를 만들고, 너의 하루에 내가 들어가는 그런 거 있잖아.

평범한 데이트 코스도 좋아. 남들 다 가는 남산도 가보고, 자물쇠로 우리의 흔적을 걸어놓고, 버스에선 내 어깨를 네게 빌려주기도 하고, 머리를 맞대서 단잠을 청하기도 하자.
날씨가 좋은 날엔 평범한 길을 산책하며 꽃 한 송이 꺾어 반지를 만들어 서로의 손에 선물하고, 예쁜 사진으로 남기는 일들도.

특별한 사람들이 만나 평범한 추억을 만드는 게 아닌
보통의 우리가 만나서 특별한 추억을 만드는 것들.
우리 그런 연애를 하자.

두 번째 겨울

벌써 우리의 두 번째 겨울이야.

봄이 다가왔을 땐 손잡고 예쁜 벚꽃을 보러 가기도, 조금 가벼워진 옷차림에 커플룩을 맞추기도 하고.
여름이 다가왔을 땐 물놀이를 함께 하기도, 더워도 너와 함께 꼭 붙어 다니기도 하고.

가을이 다가왔을 땐 바닥에 떨어진 낙엽을 밟으며 놀기도, 전국 맛집을 찾아다니며 맛있는 음식을 먹기도 하고.
겨울이 다가왔을 땐 따뜻한 이불을 덮고 귤을 먹기도, 첫눈이 내리는 날만 기다리며 데이트를 하기도 했던 우리인데, 연애를 시작할 땐 아무것도 없었던 우리의 계절엔 이렇게 많은 추억이 쌓인 것 같아.

조금씩 바뀌는 계절에도 변하지 않은 네가 곁에 있어 줘서,
하고 싶었던 것들을 좋아하는 사람과 나눌 수가 있었어서
고마워. 같이 보낸 시간만큼, 같이 만든 추억만큼 앞으로도
곁에 있어줘.

이번 년도가 온전히 너로 가득 찬 것 같아서,
온전히 너로 가득할 수 있어서.
고마워.

좋아하면 원래

좋아하면 원래 괴롭히고 싶어지는 건지, 내가 이상한 건지 자꾸만 괴롭히고 싶어지잖아요.
그러니, 잠시만 아주 잠깐만이라도 좋으니 내게 모든 걸 숨기지 않았으면 좋겠어요.

볼을 잡고 있으면 볼살이 너무 많다며, 화장이 지워진다며 얼굴을 찌푸리는 모습이 예쁜데.
배를 만지면 숨을 참고 내 손을 몇 번씩이나 때리며 치우라는 행동이 귀여운데.
화장을 고칠 때도 잠시만 돌아 있으라며 모습을 고치고 있을 당신을 떠올리면 웃음이 나오는데.

볼을 잡는 것도, 배를 만지는 것도, 화장을 지운 모습을 보고
싶은 것도 당신에게 괴롭힘이 아닌 사랑으로 다가가고 싶은
행동들인데.

당신이 스트레스 받는 것마저도, 당신이 싫어하는 모습마저
도 내겐 예쁜데.
숨김없이 내게 모든 걸 보여주면 예쁜 게 오죽할까요.

행복의 기준

배터리가 닳는 게 싫다. 온종일 핸드폰이 꺼지면 어쩌지 불안해하며 그렇게 하루를 보낸다.

네가 그렇다.
너와 장거리 연애를 할 땐 떨어지는 게 그렇게 싫었다. 네가 옆에 있을 땐 행복하다가도 너를 보내야 하는 순간엔 곧장 슬퍼지기 마련이었다.

떨어져야 하는 시간이 다가오면 슬픔만 차고 너를 더욱 느끼려 품에 안고만 있었던 나는, 그렇게 너라는 충전기에 모든 걸 맡겼다.

행복에 기준이 네가 되어버려서, 떨어져 있는 순간은 그리움만 충전된다.

같은 노래

네 취향은 내 취향과 같아서
왠지 같은 노래를 듣고 있을 것만 같아.
난 이 노래 가사 속에서 널 그리고 있지만, 넌 내가 아닌 다
른 추억을 그릴까 봐 쉽게 다가서기가 힘들다.

작년 겨울에 나온 노래를 들어도 난 아직, 그때 우리가 함께
자고 일어나 그 노래를 같이 들으며 말없이 서로의 눈빛으
로만 얘기했던 기억이 생생해.

너와 다시 노래의 추억을 쓸 수 없다는 게 슬플 뿐이야.

"감히 묻지 못 했던 이야기,
말할 수 없었던 대답들…
그동안 전하지 못했던
그대를 향한 생각들."

너에 대해 잘 모르는 내가 할 수 있는 것들

피아노를 치는 너라서 손이 자주 아프진 않을까 걱정이야.
표현이 서툰 나라서 네가 아프다고 해도 괜찮냐는 한 마디
보단 "조심했어야지" 하며 네 탓으로 돌려버려.

좋아하는 것과 싫어하는 것은 무엇인지,
너의 특징은 무엇인지, 너는 나에 대해 잘 알지만 나는 너에
대해 잘 몰라.

남들처럼 너의 습관을 잘 알지도, 기록하지도 못하지만, 잦
은 연습에 네 손이 아프지 않을까 걱정이 돼.
부족하지만 손 마사지를 배워보기도, 겨울이 되면 손이 트지
않을까 핸드크림을 구매하기도, 연주회에 입게 될 예쁜 드레
스에 어울릴 것 같은 목걸이도 하나 준비했어.

기억력이 좋지 않은 나라서 가끔은 서운할 수도 있을 거야.
네가 선물을 받고 좋아할지, 마음에 들어 할지도 모르겠어.
하지만 내가 할 수 있는 건 내가 보는 시선에서 네가 필요할
것 같은 걸 선물하는 일.
네 몸 빈 곳 하나하나 내 마음으로 채우는 일, 그게 전부야.

좋 아 하 나 봐

아니 좋. 아. 해.

꿈속

꿈속에서 널 봤어. 지금은 연락이 닿지 않는 곳에, 연락하지 않는 우리 사이에 널.

우연히 길에서 마주쳤지만 넌 내 몸을 통과해 스쳐지나갔고 난 그대로 하늘로 떠갔어.
그때 느꼈던 건, 이 꿈속 얘기의 주인공은 내가 아닌 너였다는 걸 알게 됐어. 한 편의 영화같이 네 얘기가 그렇게 진행되고 있었어.

동영상처럼 다른 사람의 연애 얘기가 나오고 네 얘기가 진행됐어. 네 속마음을 털어놓는 듯한 독백이 시작됐고, 날 볼 수 없는 네 앞에서 난 그냥 네 얘기를 가만히 듣고 있었고.
어떤 오빠에 대한 얘기였는데 아마 네가 좋아하는 오빠였나 봐. 네 마음을 몰라주는 오빠에 대한 서운함을 털어놓을 때 네 표정은 너무나 익숙해서 그냥 그렇게 한참을 쳐다보고 있었어. 내가 알던 네 모습과는 다르게 더 진지한 모습에 신기하기도 하고 어떤 얘긴지도 궁금하기도 하고.

그렇게 네가 네 속상함을 다 털어놓을 때쯤 그 오빠가 반대편 길에서 널 향해 걸어오더라.
넌 내가 알던 성격대로 그 오빠에겐 네 속상함을 다 말하지 못하고 이해만 하고 있고.
늘 그렇게 속마음을 숨기는 널 바라보며 답답하고 조금 바보 같았어.

그렇게 네 얘기가 마무리되고 서로 돌아설 때 너는 울고 있더라. 근데 정말 신기하게 그 오빠는 다시 네게 달려가 꼭 안아주며 몰라줘서 미안하다고 말하더라.

그냥 그렇게 행복해하는 네 표정을 보며 나는 꿈에서 깼어.
내 얘기가 아닌 네 얘기였던 꿈이 아직까지 기억에 생생하
게 남아서 적었을 뿐이야.

그동안 연락을 하지 않아서, 마주치지 않아서 지금쯤 어떻게
바뀌었을지 잘은 모르지만, 언제나 속마음을 말하지 않고
상대방을 위하는 너라는 걸 잘 알아.
근데 꿈에 나온 얘기가 정말 네 얘기라면 난 그냥 네 행복을
바란다고. 그렇게 사랑받고 행복해하는 네 모습이 정말 좋아
보여서 항상 잘 지냈으면 좋겠어.

그냥 정말, 그냥.

끝날 사이, 끝난 사이

끝날 사이였다. 아니 이미 끝난 사이였다.

반복되는 다툼에 자주 헤어지고, 서로를 못 잊어서 다시 만나는 관계의 연속이었다. 반복되는 다툼에 지친 상태라 서로가 헤어질 거란 걸 암묵적으로 알고 있었고, 내가 먼저 이별에 대해 말을 꺼내면 넌 잡지 않고 떠날 거란 걸 알기에 말을 꺼내지 못했다.

머리로는 알아도 마음은 아니어서, 힘든 것보다 아직은 좋아하는 마음이 더 커서, 감정을 이성으로 바꿀 수 없어서.
말을 쉽게 꺼내지 못하는 나와 달리 넌 이별을 통보하고 우린 그렇게 헤어졌다.

근데 난 너랑 끝내고 싶은 게 아니었어.
서로 지쳐 있는 이 상황을 끝내고 싶었던 거지.

흔적

아직 비워지지 않은 내 사진첩의 휴지통과
네 글씨체가 빼곡히 남은 서랍 안쪽,
여전히 빈틈 많은 내 옆자리까지.

네 흔적에 치이는 밤이다.

갑과 을

넌 갑이었고 난 을이었다.
항상 나만 노력했고 나만 간절했다.

바람을 피우든, 거짓말을 하든 좋아하는 감정 때문에 헤어지
잔 말을 못하고, 헤어질 걸 생각으로도, 몸으로도 느꼈지만,
내가 헤어지자고 말하면 넌 잡지 않을 거라는 걸, 조금의 생
각도 하지 않고 수긍을 할 걸 알아서 힘들어도 혼자 견뎠다.
지치고 지칠 대로 지쳐서 우린 헤어졌고, 시간이 지나고 내
가 왜 너한테 목을 맸었는지 생각을 해보면 정말 모르겠다.

난 갑이었고, 넌 을이었다.

내가 원하는 대로 넌 끊임없이 나한테 줬기에 당연한 줄 알았다. 매번 오는 너의 연락도 점점 귀찮아졌고 없어도 그만, 있어도 그만이어서 너의 헤어지자는 말에 잡지도 않았다.

시간이 지나고 곁에 당연히 있었던 게 사라져서 네가 너무 그리워졌다. 너만큼 날 좋아해주는 사람을 또 찾기가 힘들 것 같은데, 넌 괜찮아 보여서 이젠 내가 을이고 네가 갑인 것 같다.

비 오는 날

넌 비 오는 날이 좋다고.

비가 올 땐 담배 연기가 늦게 퍼지는 게 좋다는 네 말을 이제
야 이해할 것만 같다.

그 말 하나 때문에 비 오는 날이면, 혹은 내가 담배를 피울
땐 더더욱 네 생각이 나.

정말 늦게 퍼져서 좋은 건지, 네 생각에 괜히 좋은 건지.

또 이렇게 네 생각이 퍼진다.

널 좋아해서

널 좋아해서 연락을 끊었다.

잦은 연락에 내 마음만 커질까 봐.

늦은 답장과 알림 소리마다 반응하는 내 모습이 안쓰러워

보여서, 더 이상 발전하지 못 할 게 뻔해서.

한 번쯤은 용기를 내볼까 생각해봤지만 그럴 순 없어서.

널 보는 게 더 힘들어질 테니까.

이해

널 사랑하는 마음에 모든 걸 이해하려 했어. 네가 화나서 내
게 막말을 해도 널 사랑하는 감정 때문에 그것마저 이해하
게 되고, 스스로 괜찮다며 달래는 게 어느새 익숙해지다 보
니 점점 지치게 되어버렸어.

좋아해서, 혹은 내 생각을 조금이라도 이해해주길 바라며 부
린 투정은 네게 그저 잔소리였어. 똑같은 다툼에 서로 힘들
어져서, 질리고 지쳐서 놓으려 했지만 아직도 널 좋아했던
내 처음에 감정, 여전히 널 그리워하는 내 감정 때문에.
네가 미안하다며 날 안아주면 또다시 난 네게 돌아가고 싶
어서 미쳐버리겠잖아.

헤어질 때마다 했었던 좋은 사람 만나라는 네 말도, 네가 잘못이라는 말도, 그저 내겐 상처로만 남게 돼.

여전히 내겐 네가 좋은 사람인데.
그냥 내 곁에 남아주면 좋을 텐데.

오늘도

못 잊은 건지, 잊고 싶지 않은 건지, 맴도는 생각들을 정리하
고 싶어도 정리하게 되면 정말로 끝일까 봐.
기다리고 기다리면 조금은 알아줄까 봐.

그런 조금 남아 있는 희망에 지친 채 오늘도.

네가

보고 싶다. 이 말로는 다 표현 못 할 만큼 보고 싶다.

이미 끝난 우리 사이에서 나 혼자 놓지 못하고 있다. 때론 네 생각이 안 나는 것 같으면서도 같이 걷던 길에서, 함께 먹던 음식에서, 네가 주었던 선물에서, 네 생각이 떠올라 머릿속에서 과거의 우리를 그리게 된다.

그립다. 오늘도 너로 하루를 시작하게 된다.

아직 네가 없는 생활에 익숙해지지 않은 건지, 연락이 오지 않은 내 핸드폰이 어색해진다. 네가 없던 하루가 분명 더 길었을 텐데, 짧았다면 짧았을 너와의 연애에 생활이 맞춰져 있어서, 지금의 난 이 시간에 무엇을 해야 할지 모르겠다. 네 생각을 떨치려 담고 있는 술잔에 널 그리며 오늘 하루도 마무리하고 있다.

놓고 싶다. 나만 놓지 못하고 있던 널 놓아주려 노력한다. 내 생각조차 하지 않을 너란 걸 알기에 오늘도 네게 붙잡혀 있는 내 모습이 초라하기만 하다. 친구를 만나든, 또 다른 사람을 만나든 널 억지로라도 떨쳐내려 오늘도 노력한다.

나만 정리하면 완전히 끝날 사이니까.

요즘 내가 조금 변한 것 같대.
널 사랑하는 마음은 여전히 똑같은데.

날 위해서라면

사귈 때의 힘듦보다 네가 곁에 없는 지금의 힘듦이 더 큰데.
날 위한 이별이라는 말이 이해되지 않는다.
날 위했다면 너 혼자 생각하기보단 내 얘길 들어주지.

대체 어떤 게 날 위한 거였을까.
날 위해서라면 곁에 남아줘야지.

잘못

사랑을 느끼는 데 큰 걸 바라지 않았다.
'사랑해, 보고 싶어' 이런 사소한 말들에도 충분히 사랑받음
을 느낄 수 있었는데.

언제나 큰 걸 바란 게 아니라 작은 것을 바란 건데.
바란 게 잘못이었을까, 만족하지 못 했던 게 잘못이었을까.

슬픈 관계

세상에서 제일 비참한 것 같다.

나만 놓으면 끝나는 관계,

네가 잡으면 이어질 관계.

혼자 하는 연애

속상한 걸 말하면 넌 피하기만 했다.
달라지는 모습을 바로 원했던 게 아니라, 미안하다는 소릴
원했던 게 아니라, 적어도 내 얘기를 들어줬으면 하는 마음
이었는데. 너한텐 내 말이 그저 잔소리였다.

그래서 좋아하는 만큼 서운함도 컸다.
서로의 다른 점을 알고 이해하려 했지만 이해가 잘 되지 않
는 내 모습이, 속상한 것을 몇 번이나 말해도 변하지 않는 너
의 모습이, 변하지 않는 모습에만 서운했던 게 아니라 변하
려는 노력조차 하지 않아 보여서.

분명 둘이 연애를 하고 있는데 나만 맞춰나가려고 하는 모
습이, 점점 초라하게 보이고 비참하게 느껴졌다.

숙취

술을 마시고 난 뒤 속 쓰림에 온종일 힘들어했다.
반면에 넌 숙취가 없는 편인지 아무렇지 않아 했다.

똑같은 양의 술을 마시고도 왜 나만 다음 날 아픈지.
똑같은 양의 술을 마시고도 왜 너는 하나도 힘들어하지 않
는지, 괜히 나만 그런 건지.
술을 왜 그렇게까지 마셨을까 하며 힘든 지금의 날 보며 전
날을 탓하기도 했지만, 시간이 지날 때까지 숙취는 길게 이
어지고 있었다.

그렇게, 연애는 똑같이 했어도 서로의 이별은 달랐다.

오늘의 꿈

오늘은 꿈에 네가 나왔어. 늦은 저녁, 파인 옷을 입고 진한 화장을 하고 날 반겨주던 넌, 내가 사귀었을 때 싫어했던 모든 것들을 했지만 오늘의 꿈속에서 난 널 사랑하고 있더라.

헤어지고 나면 왜 모든 게 이해되는지, 사귈 땐 왜 이해하지 못 해서 헤어지게 됐는지 그저 아쉽기만 해.

잠에서 덜 깬 지금 난, 혹시나 네가 또 나올까, 미소 지으며 눈을 감을 뿐.

우연

우연히 지나쳤던 넌 그대로 예뻤어.

처음과 마지막 기억에 남아 있던 네 키, 조금 길어진 머리,
네 특유의 표정들, 그렇게 달라진 것 하나 없는 너인데.

연락처에 저장된 서로의 이름, 너와 나 사이의 거리.
'반가워, 오랜만이야'라며 꺼낸 차가운 단어들.
전부 바뀌어버린 우리였어.

잔

잔에 가득 담긴 널 잊고 싶어서 비워냈지만, 몸속에 남아 나를 아프게만 했다.
긴 시간이 흐른 뒤, 아픔은 잊혀졌지만 가끔 힘이 들 때면 네가 괜스레 생각나곤 해.
어차피 아플 거란 걸 알지만 네가 내 곁에 머무르는 그 순간은 좋으니까.

채우고 비워내기를 반복하는 아직도 네게 취해 있는 오늘.

"하루쯤은 힘들어도 된다고,
하루쯤은 무너져도 된다고,
네 슬픔을 하루쯤은 내게 넘겨도 된다고."

지치게끔

줄어드는 네 연락과 서운함을 말하면 귀찮아 할 네 태도,
내가 말해도 바뀌지 않을 네 행동들이 날 지치게 만들어.
점점 멀어지려는 네 모습에 나도 애매하게 행동할 수밖에.
잡기엔 네가 싫어할 것 같고, 놓기엔 내가 힘들 것 같고.

눈물샘

침대에 누워 오늘도 널 그린다.

언제부터 내게 행복의 존재였던 네가 슬픔의 존재가 되어버린 것일까. 한순간 돌아서버린 너처럼 내 감정도 그렇게 바뀌었다.

하루는 내가 울지 않아서 조금 널 잊었나 싶었지만 역시나 한순간이었다. 내가 널 잊은 게 아니라 그저 눈물샘이 잠시 말랐던 것이었을 뿐인데.

평소

평소와 똑같이 지내도 너무 힘드네.
아침에 와 있었던 잘 잤냐는 네 카톡이, 밥은 챙겨 먹으라는
네 말이, 일이 힘들었다며 찡찡대는 네가, 잘 자라며 꿈에서
만나자는 네가 없어서.
평소와 똑같이 지내도 생각보다 큰 존재였기에 네가 사라진
빈자리를 눈물로만 채우게 되는 나날들.
보고 싶다 너무나도, 같은 생각일까 너도 나도.

아마 네가 내 평소였나보다.

한없이 네가

한없이 네가 녹아내린다.

내가 더 뜨거웠던 탓인지, 나만 뜨거웠던 탓인지.

네가 녹아내릴 때마다 나는 조금씩 식어간다.

다 녹아내리면 넌 사라지겠지만 나는 네 흔적에 사로잡혀

지우는 데 시간이 오래 걸리겠지.

이별 준비

핸드폰만 바라보는 눈,
나에게 기울이지 않는 귀,
먼저 얘기를 꺼내지 않는 입,

준비해야 하는 너와의 이별,
헤어짐보다 아픈 혼자만 하는 연애.

서로의 기억

헤어진 뒤 서로의 기억은 달랐다.

내 기억엔 네가 제일 좋아했을 거라 생각했던 촛불 이벤트,
비싼 값어치의 물건들, 화려한 이벤트들이 담겨 있었는데.

정작 네게 제일 좋았던 기억은 변함없이 집을 데려다줬던
내 모습, 네가 잘 때 가끔씩 보냈던 내 장문의 카톡, 네 생각
이 나서 네게 몰래 줬던 꽃들이라 하더라.

작고 사소한 것들에 행복하던 너였는데, 사소해서 넘기지 말
고 사소한 거라서 더 챙겨줄걸. 항상 왜 헤어지고 나서 깨닫
게 되는지, 너와 내가 우리였을 때 조금 더 알아줄걸.

일주일

헤어진 후 너를 완전히 지우지 못한 난 네 흔적을 찾다가 겨
우 이별을 결심해.
곁에 있는 새로운 사람, 행복해 보이는 얼굴, 이별을 겪은 사
람이라고 생각이 들지도 못할 모습.

갑자기 터지는 울음을 참아내고, 혹여나 네 모습을 보면 흔
들릴까봐 고개도 못 들고 다녔던 나와 다르게 너는.
잘 지냈던 너는.

우리의 일주일은 그렇게 달랐던 거야.

헤어진 후 나는

헤어진 후에 너와 친하게 못 지내는 이유는 아마 그렇다.

너를 마주하게 됐을 때 널 어떻게 대해야 할지 몰라서.
처음부터 널 좋아해서, 한번도 내게 넌 친구라는 존재가 아
니었기에 어떻게 대해야 할지, 친구로선 어떻게 행동을 해야
할지, 겪어보지 못한 감정을 감당할 수 있을지.
네게서 연락이 왔을 땐 어떻게 답을 해야 할지 몰라서.
늘 다정했던 네가 차가운 말투로 연락이 오면
난 네게 따듯해야 할지, 차가워야 할지.
네 연락을 보고도 모르는 척했다가 늦게 답장을 해야 할지,
말투는 또 어떻게 해야 할지.

너와 같이 있을 땐 어떤 행동을 해야 할지 몰라서.
늘 그랬듯 네 오른편에서 걸어야 할지,
자주 잃어버리는 화장품은 또 내가 챙겨줘야 할지.
집은 또 바래다줘도 될지, 밤길에 널 걱정해도 될지.

좋아해서 기억했던 네 말투와 습관들, 좋아해서 했던 내 행
동들까지도. 전부 잊히지 않은 너를 마주할 때 습관이 튀어
나오면 난 어떻게 해야 할지.

잊고 싶은 건지, 있고 싶은 건지

진작 끊긴 전화에서 난 귀를 떼지 못 하고 아픈 단어들이 가득한 대화방에서도 나가지 못했어.
오늘도 우연히 마주칠까, 너와 자주 갔던 곳을 서성이고 꿈에선 널 볼 수 있을 것만 같아서 새벽에야 잠이 들어.
온종일 널 미워하다가도 새벽이 되면 이젠 네게 들을 수 없는 네 소식을 SNS를 통해 찾아.

널 잊고 싶은 건지, 아직 네 곁에 있고 싶은 건지.

오늘도 네가, 오늘도 나만

우리가 헤어진 후엔 우리의 시간만 흐른 것 같아.
너와 자주 갔던 장소도, 자주 먹었던 음식도, 변함없이 네 기억을 품고 아직 그 기억 속엔 네가 있는데, 우리 둘만 변한 것 같아.

내게 그 장소들은 여전히 예뻐 보여. 아마 기억 속에서 널 꺼내며 그때를 그리워하고 있어서겠지만, 현실 속 내 앞엔 네가 없다는 걸 깨닫게 되는 순간은 정말 많이 아파.

혹시나 네가 나와 같은 공간에 있어서 마주칠까 주위를 계속 둘러보며 걷는다. 우연히라도 너를 마주치고 싶어서인 것 같아.

마주치기보단 그냥 나만 널 봤으면 좋겠어.

오늘도 네가 보고 싶고, 나만 널 보고 싶어 하겠지만.

괜찮지 않지만 괜찮은 척

첫째 날, 둘째 날 그렇게 일주일이 흘렀네.
우연히라도 네가 보고 싶어서, 아니 의도적으로 네가 보고
싶어서 찾아갔어.
친구들이 모이고 친구의 친구들과 친해지고, 좋은 노래가 흘
러나오고, 다 같이 건배를 하는 좋은 분위기에 좋은 사람들.
하늘에선 토끼들이 내려오고, 귀엽고 깜찍하게 서른하나를
세며 동구 밖에서 원샷을 하는 좋은 분위기.

근데 있지. 다른 건 잘 숨길 수 있어도 힘든 건 잘 숨기지 못
해서 티가 나나 봐. 괜찮진 않지만 괜찮은 척은 할 수 있는데
사실 나도 많이 힘들어. 감당해야 할 게 생각보다 커서.
늘 네 앞에서 웃는 모습이었던 난 네게 미소 한 번 지을 수가
없었고, 걸음이 느리지 않은 나는 온통 잡생각에 휩싸여서
친구들의 뒤만 밟았어.

그리고 너도 내 주량을 알잖아. 그런 내가 안주도 먹지 않은 채 술만 들이키는 걸 보면 나 그만큼 힘들었나 봐.

내 소유도 아닌 네게 질투가 나는 건 욕심일 테니까. 내 것이었던 적 없던 너를 내 것으로 생각했던 것도 잘못일 테니까.

당연하게 네 옆자리로 갈 뻔했다가 발걸음을 돌렸고, 추워진 날씨에 너를 품에 안을 뻔했다가 팔을 숨기고, 오늘도 예뻤던 네게 예쁘단 말을 할 뻔했다가 말을 삼켰고, 자꾸만 실수하는 네 편을 들어주고 싶었지만 입을 다물었고, 네가 혹여나 취하면 어쩌나 네 잔을 대신 마셔주고 싶기도 했어.

미안해, 정말 다 참았는데 네가 걱정돼서, 네가 잠시 고개 숙이고 잠든 것 같았을 때 목이 아플까 봐 잠시 손으로 받쳤어.

좋은 하루였고, 좋은 몇 시간이었어.
정리해야겠다고 확신이 든 순간들.

정리해야 할 건 내가 다 정리할게. 보일 수 있는 것들은 손으로 치울 수 있어도 보이지 않는 것들에 대한 정리는 어떻게 해야 할지 아직 모르겠다.

어여쁜 넌, 좋은 사람 만날 수 있을 거야. 그렇게 행복하길 바랄게. 제발 행복해. 널 떠나보낸 후회의 몫은 내가 감당할 테니까.

항상 왜 헤어지고 나서
깨닫게 되는지,
너와 내가 우리였을 때
조금 더 알아줄걸.

달이
뜰
때쯤

밀려오는

고민을
들어줄게요

힘들고
　　지친
　　네 생각을

하나씩

꺼내어

토다토다.

ASK__

Q   외모나 뚱뚱함으로 많이 상처받아서 그런지 남자를 처
음 만나는 과정이 너무 힘들어요. 제가 문제인가 봐요.
상처를 아물게 해줄, 존재 자체를 좋아해줄 사람은 있
을 테니 너무 걱정 마요. 충분히 예쁜 존재니까.

Q   가끔은 내가 꽃이었으면 좋겠다는 생각을 해요. 뭐 한
철 피다 지는 거지만 그냥 받으면 무지 기분 좋고 그
렇잖아요. 누군가가 저와의 인연을 이어가는 걸 좋아
해 줬으면 좋겠어요.
꽃을 왜 부러워해요. 사람이 꽃보다 더 예쁜데.

Q   여자가 헤어짐을 결심하는 이유가 뭐라고 생각해요?
분명 연애를 하고 있는데 외롭다고 느껴질 때?

Q 상처, 아픔이 다 무뎌질 정도로 오랜 시간이 지났는데
   도 왜 갈수록 그 애는 제 맘속에서 깊어지는 걸까요.
   정말 못된 남자 친구였는 데도 왜 저만 이럴까요. 사실
   다 아는데, 아직도 좋아해서 이러는 거 아는데, 그냥
   계속 제 자신에게 묻게 되네요. 너무 초라하고 아파요.

   좋았던 사람이라 그때의 감정이나 추억들이 가슴 깊
   이 자리 잡은 게 아닐까요?
   그 사람을 못 잊은 거라기 보다는 그때의 내 모습이
   제일 행복해 보여서 그런 것일 수도 있고.

Q 저는 20년을 좀 넘게 살았는데 한 번도 엄청 좋아했던
   사람이 없었던 거 같아요. 저에게도 사랑이 찾아올까
   요? 가을인데 옆구리가 시린 느낌이네요.

   그렇게 생각하고 있다가도 나도 모르게 어느새 훅 들
   어오는 게 사랑입니다. 방심하는 순간 사랑에 빠져서
   해롱해롱 해질걸요?

Q   헤어지면 어떤 기분일까요. 처음 사귄 사람이고, 처음 입 맞춰봤고, 처음 남자 때문에 울어봤고, 내가 이렇게 사랑스러울 수 있는 존재였나라는 감정도 처음 느끼게 해줬고. 매일매일 순간 떠오르는 첫 남자고, 관계도 처음이었어요. 그도 모든 게 제가 처음이에요. 이 사람이랑 헤어지면 모든 이유가 사라지고, 모든 질문이 사라질 것 같아요. 그래서 곧 죽을 것 같아요. 실례가 아니라면 답해주세요. 헤어지면 죽을만큼 아픈가요?

모든 게 처음이었던 만큼 끝이 나면 어떻게 해야 할지 방법도 찾지 못하고 며칠간 울기만 할 거예요. 익숙하지 않으니까, 겪어보지 않았으니까, 이별의 후유증을 버티지 못하고 정말 죽고 싶다는 생각이 들 수도 있어요. 하지만 이별은 각자 스스로만의 방법으로 견뎌내는 것 같아요. 헤어지지 않았다면 굳이 이별을 생각하며 두려워하지 말아요. 곁에 있을 때 더 바라보고, 더 입 맞추고, 더 사랑해요. 예쁜 사랑하길.

Q   썸 타는 애가 연하인데 제가 을이에요. 연하가 표현도

잘 못하는 성격이라 너무 힘들어요. 서로 좋아하는 건

확인했는데 왜 저는 자꾸 마음을 확인하고 싶죠?

썸이란 게 제일 애매하고 중간인 상태여서, 내 것이 아

니니까 확인하고 싶은 거라고 생각해요. 물론 사귈 때

도 상대방 마음을 확인하고 싶어하게 되고요.

서로 좋아하면 누가 갑이고 누가 을인지 따지지 않았

으면 좋겠어요. 동등한 위치에서 같은 마음으로 서로

좋아하길.

Q   인연이라면 다시 만난다는 말 믿어요?

믿는 편이에요. 인연이든, 우연이든, 운명이든, 조금의

노력은 다 있어야 한다고 생각해요. 우연을 기회로 잡

으면 인연이 되는 거고, 인연에서 더 노력하면 운명이

되는 게 아닐까요?

Q 여자 친구가 항상 페이스북에 꽃 사진이 올라오면 절
   태그해요. 사달라고도 몇 번 이야기 했는데 전 사실 이
   해가 안돼요. 저는 장미보다 더 좋고 비싼 걸 주고 싶
   은데 제가 이상한 건가요?

   더 예쁘고, 좋고, 비싼 걸 주고 싶은 마음도 이해되지
   만 여자는 그런 거창한 것보다 사소한 것에 더 감동하
   고 좋아한다고 생각해요. 뜬금없이 데이트하는 날 꽃
   을 사 온다든가, 달라진 것을 알아봐준다거나, 그냥 툭
   내뱉은 말들을 기억해준다던가 그런 거에서 사랑받음
   을 느낀다고 생각해요. 사소한 '거니까' 넘기지 말고
   사소한 '거라서' 챙겨준다면 좋을 것 같아요.

Q 여자친구가 과거에 왕따였다면?
   '그동안 버텨줘서 고마워.'

Q   저는 20살 여자입니다. 남자친구와 헤어졌어요. 사귄
기간은 짧았고 현재는 헤어진 기간이 더 길어졌네요.
매달리기도 매달려봤는데 잘못된 방법으로 다가갔어
요. 이 남자는 누가 봐도 저에게서 마음이 떠나갔어요.
하지만 전 이 남자가 너무 좋아요. 어떻게 다시 돌릴
방법 없을까요? 이 남자는 저랑 얘기도 안하려고 해
요. 저도 잊어보려고 했는데 안 잊히네요. 다시 돌아오
게 하고 싶어요. 제발.

다시 돌아오게 하고 싶다면 정면돌파 밖에 없다고 생
각해요. 하지만 해보고 그게 되지 않는다면 마음을 접
을 용기도 필요해요. 혼자서만 좋아하는 사랑이 제일
힘들 것 같은데 그게 좋다면 지금 자신을 인정해봐요.
'상대방은 나한테 돌아오지 않지만 난 저 사람이 좋
다.'라고 인정을 해버리면 마음은 조금 편할 거예요.
무조건 돌아오길 바란다면 그건 욕심일 것 같아요. 지
금 당장은 그 사람이 최고이고 다른 사람은 보이지 않
겠지만, 세상엔 좋은 남자가 많다고 알려드리고 싶어
요. 너무 힘들어 마요.

Q   제 남자친구는 저한테 관련된 일에 대해 신경을 많이
쓰는데 이런 일로 싸운다는 게 문제에요. 제 남자친구
는 싸울 때 빼먹지 않고 하는 말이 있어요. "아 그래,
내가 너한테 너무 신경을 써서 그렇다. 미안하다. 이제
신경 안 쓸게." 이래버려요. 그래서 오빠의 방식이 잘
못 됐다고는 생각 안하느냐고 해도 인정을 안 해요. 그
냥 계속 저한테 신경 안 쓴다고 부정적으로 끝내버려
요. 어떻게 말해야 좀 좋게 바뀔 수 있을까요?

서로 자기의 방식이 있다 보니 의견 충돌이 생기는 것
같아요. 말할 때 조금 더 먼저 부드럽게 말하는 건 어
때요? "나한테 신경 써주는 건 너무 고마워. 그런데 날
생각해 주는 거니가 조금은 더 좋게 써줬으면 좋겠어.
신경 써주는 게 항상 고맙지만 때로는 나도 기분이 상
할 때가 있어서. 안 쓴다는 말도 안 해줬으면 좋겠어.
신경 써주는 게 너무 좋아서 그래. 나도 많이 노력할
테니까 오빠도 노력해줄 수 있어?" 이런식?

Q 나를 좋아하는지, 안 좋아하는지 확신이 안가요. 확신
   이 안 간다는 건 그 사람에게 사랑받고 있지 않다는
   거겠죠?
   사랑을 주는 사람도 중요하지만 받는 마음도 중요한
   것 같아요. 그 사람은 정말 전부를 주고 있는 것일 수
   도 있을 텐데 그걸 받는 사람이 별 거 아니라고 생각
   하면 확신이 안갈 수도 있는 거죠. 그 사람의 행동 때
   문에 내 믿음이 없을 수도 있겠지만 내 믿음 때문에
   그 사람의 행동이 달라 보일 수도 있다고 생각했으면
   좋겠어요. 확신이 안 간다면 딱 붙잡고 말해보는 게 어
   때요?

Q 사랑받을 자격이 없나 봐요 저는. 만날 만날 나쁜 애들
   만 오는 거 보면.
   원래 벌레들은 빛나는 걸 좋아한다잖아요.

Q 남자 친구가 잠이 정말 많은 건지 아니면 걱정이 안
되는 건지 모르겠어요. 저라면 아무리 잠이 와도 애인
이 놀거나 아직 집에 안 갔다면 잠을 참고 집에 들어
갈 때까지 기다릴 것 같은데 항상 들어가기도 전에 잠
을 자요. 걱정이 안 되는 걸까요?

'나였다면' 이라는 생각이 서운하게 만드는 것 같아요.
다르게 생각을 한다면 믿으니까 자는 게 아닐까요? 잘
들어갈 사람이란 걸 알고 그만큼 믿으니까 마음 놓고
자는 거죠. 서운하다면 남자 친구분께 말해보면 되는
거고. 너무 힘들게 생각하진 마요.

Q 썸이란, 무엇이라고 생각하세요?

사소한 것에도 의미부여를 하게 되고, 혼자만의 생각
에 빠져서 좋아 죽다가도 우울해지기도 하고. 어떻게
보면 제일 조심스럽고 걷잡을 수 없이 커지기 전의
상태라 제일 예쁜 것 같기도 한 사이? 언젠가는 좋게
든, 나쁘게든 끝나게 될 사이. 중간이지만 중간은 없
는 사이.

Q 연애를 한다면 어떤 사람이랑 하고 싶어요?

오늘은 뭘 했는지, 옷을 사면 입고 나와서 자랑도 하
고, 좋은 일이 있으면 웃으면서 이야기도 하고 힘든 일
이 있으면 털어놓기도 하고 그냥 이런 저런 얘기를 같
이 나눌 수 있는 사람이었으면 좋겠어요. 나랑 성격이
꼭 맞지 않아도 되고, 가치관이 달라도 맞춰가려고 노
력하는 사람? 그냥 애교도 있고 그랬으면 좋겠어요.

Q 여자친구가 갑자기 투정을 부리고 그러는 건 어떡해
   야 하나요? 저도 안 보고 싶은 거 아니고 보고 싶은데,
   그런걸로 싸우는 것도 이해가 안 가고 투정 부리고 성
   질내는 것도 이해가 안돼요.

   물론 아닌 사람들도 있겠지만 여자들은 보고 싶으면
   괜히 투정을 부리게 된대요. 괜히 예민해지고, 짜증을
   내고, 성질을 부려도 다 보고 싶어서 그런 거라고 생각
   해 보세요. 그리고 정말 일 때문이나 다른 이유 때문에
   못 가는 상황이더라도 '일 때려치우고 갈까?' 이런 식
   으로 얘기해보는 것도 좋지 않을까요? 여자 친구도 못
   오는 것 정도는 알고 있어요. 하지만 그렇게라도 얘기
   해주는 게 좋은 거죠. 말로만 말고 행동으로 혹은 말이
   라도 좋게 해주면 서로 기분 좋을 것 같아요.

Q   위로라는 건 어떻게 해줘야 하는 걸까요? 똑같은 문제라고 해도 사람마다 느끼는 게 다르니까 너무 어렵네요. 괜찮지 않은 게 눈에 보이는데, 괜찮다고 힘내라고 하는 것도 너무 바보 같고. 그냥 들어주는 것도 너무 무기력하게 느껴져요. 너무 어렵네요.

위로를 해줄 땐 '해결'보단 '공감'이라고 생각해요. 힘들다고 하면 왜 힘든지도 들어주고, 나았다면 어떻게 했을지도 말해주고, 그냥 항상 곁에 있어주면 그 자체만으로도 큰 위로가 되지 않을까요?

Q   좋아하는 거랑 사랑하는 거랑 어떻게 구분하는 거죠?

꽃을 좋아하면 꽃을 꺾지만, 꽃을 사랑하면 그 꽃에 물을 주죠.

Q   집착인지 사랑하는 건지 구별이 안 될 때 어떻게 해야
    할까요? 집착에 가깝다면 그 사람을 편히 놓아줘야 할
    까요?

    사랑한다면 소유욕 때문에 질투가 생길 수도 있지만,
    소유욕이 강하다거나 질투가 심해지면 집착으로 이어
    진다고 생각해요. 사랑하지 않는 집착은 없지 않을까
    요? 사랑하니까 집착을 하게 되는 거지만 상대방은 집
    착 받는 사랑을 원하지 않을 거예요. 본인의 소유욕보
    단 상대방을 이해하려고 해보는 게 더 좋을 것 같아요.

Q   저한테도 행운이 올까요?

    오지 않을 것 같던 불행이 찾아올 때도 있듯이, 오지
    않을 것 같던 행복도 찾아올 거예요. 당장 오지 않는다
    고 너무 불안해하지 마요.

Q 사람을 진심으로 좋아하는 법을 모르겠어요. 관심이
   생기는 것 같다가도 금방 시들해지고, 좋아한다고 말
   하면서도 내가 이 사람을 진심으로 좋아해서 이 말을
   하는 건가에 대한 의문도 생겨요. 사람을 사귀면 2주
   도 못 가는데 어떠신지 궁금해요!

   진심이라는 건 머리가 아니고 감정으로 훅 느껴지는
   거라고 생각해요. '이 사람을 진심으로 좋아하는 건
   가?'라고 생각이 드는 순간 진심으로 좋아하는 게 아
   니죠. 확신이 들어야 진심인 거고. 알아가고 사귈 땐
   감정적으로, 헤어져야 할까 생각이 들 땐 이성적으로.

Q 남들 시선이 두려워서 좋아하는 사람이랑 연락할 엄
   두도 못내는 제가 멍청한 거죠? 어떻게 해야 할지 모
   르겠어요.

   남을 위해서 살 건가요? 행복의 기준을 남에게 맞추지
   않았으면 좋겠어요. 행복해야 할 건 나 자신이니까.

Q   행복하고 싶어요. 많이.

제가 느끼는 행복은, 예를 들면 버스 정류장에 갔는데
내가 타야할 버스가 바로 오거나 잠시 후 도착일 때,
알람을 맞추지 않고 푹 자고 일어날 때, 핸드폰에서 관
심 있는 사람의 알림을 봤을 때, 갈증이 너무 심하게
나는데 시원한 물을 마실 때, 퇴근 시간에 버스 타고
집에 오면서 노래를 들을 때, 음악을 랜덤 재생했는데
좋아하는 노래들만 나올 때, 맛있는 음식들을 먹을 때
등등 생각하면 할수록 많은 것 같아요. 행복은 별다른
게 아니에요. 자신이 불행하다고 생각하면 더 불행하
게 느껴지는 법이고, 행복하다고 생각하면 사소한 것
에도 행복을 느낀다고 생각해요.

행복하지 않다면 행복한 삶으로 바꿔버려요.

"

너무 걱정하지 마요.
아무것도 보이지 않을 만큼 앞이 캄캄해도
안개 낀 새벽이 지나면 날이 밝아지듯이.

당장 보이지 않는 불투명한 미래도
언젠가 걷히고 맑아질 테니까.

털어놓는 것만으로도 조금 사라질 테니까.
생각에 잠길 때쯤이면 언제든 찾아줘요.

"

벌써 따듯한 봄이 오고 꽃들이 피어나기 시작했네요. 날씨만
으로도 기분 좋아지는 요즘, 여러 가지 복잡한 일 때문에 고
민이 많을 거예요. 그럴 때마다 찾아줬으면 좋겠어요. 아직
은 부족하지만 열심히 노력해 그동안 여러 개의 답을 찾아
쓴 책이니까요. 정답은 아닐지라도 당신에게 조금의 힌트가
되어 드릴 테니까.

사랑에도 정답이 없다고 생각해요.
각자의 생각이 달라 더욱 복잡하고, 상대방에 따라 답이 바
뀌기도 하니까요. 상대방이라는 존재가 내게 너무도 크게 다
가올 때, 혹은 점점 밀려날 때의 감정은 글로 표현하기 힘들
고 말로도 설명하기 어렵죠. 그런 감정들이 교차할 때 어떤
행동을 해야 더 나은 상황이 될지, 내가 원하는 길로 갈 수
있을지는 아무도 모르죠. 그래서 정답은 없지만 모든 게 정
답이 될 수도 있다고 생각해요.

설렘과 궁금증만 가득한 관계를 이어나가고 있는 것도 좋아
요. 한 사람에게 빠져 오래도록 헤어나지 못하고 있는 것도
좋아요. 여러 사람에게 치여서 상처만 남은 연애도 좋아요.
전 당신의 연애를 응원해요.

누군가의 생각이 날 때쯤, 자신의 생각이 무엇인지 궁금할
때쯤 그때 꼭 찾아주길 바라요.
이 책은 모든 감정을 담은 책이니까요.

네 생각이 날 때쯤에.
이문교

네 생각이 날 때쯤

1판 1쇄 발행 2017년 5월 25일
1판 2쇄 발행 2018년 7월 16일

지은이 이문교

발행인 양원석
본부장 김순미
편집장 최두은
책임편집 차선화
디자인 RHK 디자인팀 마가림, 김미선
일러스트 장유진(@uuu__jin)
해외저작권 황지현
제작 문태일
영업마케팅 최창규, 김용환, 정주호, 양정길, 이은혜, 신우섭,
            유가형, 임도진, 우정아, 김양석, 정문희, 김유정

펴낸 곳 ㈜알에이치코리아
주소 서울시 금천구 가산디지털2로 53, 20층 (가산동, 한라시그마밸리)
편집문의 02-6443-8861   **구입문의** 02-6443-8838
홈페이지 http://rhk.co.kr
등록 2004년 1월 15일 제2-3726호

ISBN 978-89-255-6169-1 (03810)